Christian Oehlschläger

Seltene Beute

Für Henrik

Christian Oehlschläger

Seltene Beute

Jagdkurzgeschichten

Landbuch

Umschlagbild und Zeichnungen: Carl-Heinz Dömken, Dörverden

Landbuch-Verlag GmbH, Hannover, 1990

Lektorat: Ralph Becker, Hannover
Satz, Druck und buchbinderische Verarbeitung:
Landbuch-Verlag GmbH, Hannover

ISBN 3 7842 0435 X

Inhalt

Seltene Beute

„. . . geht die Polizei davon aus, daß es sich bei den Tätern um professionelle Terroristen handelt. – Nun Meldungen aus dem Ausland . . .“

„Da sollte mir mal einer kommen! Den jungen Hüpfern geht es viel zu gut. – Verflucht!“ Das Bremsen nützte nichts mehr. Krukows gelichtetes Haupt knallte unter das Wagendach.

„. . . kam es in Griechenland zu einzelnen Erdstößen . . .“

„Daß die Stinkstiefel ihre Wege nicht in Ordnung halten können!“ Krukow übertönte das Autoradio um ein Vielfaches. Doch schon gab er wieder Gas und raste den Feldweg entlang. Eine lange Staubfahne zog sich hinter dem Fahrzeug her, das von Schlagloch zu Schlagloch hüpfte.

Der Fahrer hatte es eilig. Die Sonne saß schon auf den Wipfeln der Bäume und würde bald hinter ihnen verschwunden sein. Für den Ansitz war es schon recht spät – und Krukow haßte Verspätungen. Er war noch einer der alten Garde, bei denen Pünktlichkeit sehr groß geschrieben wurde. Ein alter Soldat, ein Verfechter von Ordnung und Disziplin. Ausgerechnet Leifert, der rote Bürgermeister, mußte ihn aufhalten mit seinem Geschwätz über den Trimm-dich-Pfad durch Krukows Revier. Mitten durch die Amtsheide sollte er verlaufen, als ob da nicht bereits genug Störung wäre.

Krukow war geladen. Mittlerweile hatte er den Wald erreicht. Hier waren die Wege noch schlechter. Pferdehufe hatten den Sand aufgewühlt und den ehemaligen Heideweg in eine Buckelpiste verwandelt. Krukows Zähne knirschten.

Bald bog er unter eine tief betraufte Buche am Wegesrand und stoppte. Eine unendlich lange Gestalt quälte sich aus dem Wagen und richtete sich auf. Krukow war auch ohne seine bereits stark dezimierte Haarpracht noch über zwei Meter groß und überaus hager – wie ein Fuchs nach langer Ranz.

Seine markante Nase prüfte den Wind. Er nickte zufrieden und beugte sich zurück zum Auto.

Bockbüchsflinte, Glas, Pistole, Hut, Munition, Nicker, Zigaretten, Streichhölzer – und die Zartbitterschokolade. Es konnte losgehen.

Krukow hatte es nicht weit bis zum Kronensitz. Schon bald trat er geräuschlos an die Leiter des eigentümlichen Hochsitzes. Dem höchsten im ganzen Hegering, wie er immer stolz verkündete. Zwei Leitern, die durch eine Bretterplattform verbunden waren, mußten erklommen werden. Erst dann saß man königlich im rauschenden Blätterwald der alten Eiche – gut 15 Meter über dem Erdboden.

Die Sicht war phantastisch. Über einen jungen Fichtenriegel hinweg sah man auf zwei Waldwiesen, während sich im Rükken ein lichtes Kiefernaltholz erstreckte.

Krukow machte es sich bequem und ließ sein Glas über die Waldwiese wandern. Es war noch kein Stück Wild ausgetreten. Lediglich ein Hase hopste gemächlich von Löwenzahn zu Löwenzahn.

Jetzt war endlich Zeit für eine Zigarette. Krukow schaute schon zufriedener drein. All der Alltagsärger und Streß traten in den Hintergrund. Nun galt nur die Bockjagd. Er hatte in diesem Jahr mal wieder einen Ia frei. Und hier in der Amtsheide gab es einen solchen. „Caruso" hat er ihn getauft, ein Sechser mit enormem Schreckorgan.

Die Glut seiner Zigarette berührte bereits den Filter, als eine Ricke mit Kitz auf die Waldwiese austrat. Sie ästen sich langsam vom Waldesrand zur Wiesenmitte. Jetzt hieß es Obacht geben. „Caruso" war sicher nicht mehr weit.

Doch was geschah da?

Die beiden Rehe warfen auf und sprangen – wie von einer Tarantel gestochen – zurück in den Kiefernwald. Krukow schmiß wütend seinen Zigarettenstummel auf den Hochsitzboden.

„Das darf doch nicht wahr sein!" Er stierte durch sein Glas. Am Waldesrand schlichen zwei seltsame Gestalten in gebückter Haltung durchs Gras.

„Träum' ich?!" Krukow hielt das Fernglas immer noch vor den Augen. „Die tragen ja jeder 'ne Maschinenpistole!"

Routiniert – wie in seiner besten Landserzeit – griff er das Gewehr und schnellte die Leiter hinunter. Ein kurzer Blick in die Runde – und schon war ein Plan gefaßt. Er postierte sich hinter der Hochsitzeiche. Dort demontierte er das Zielfernrohr und legte es mit seinem Hut auf den Erdboden.

„Sie müssen hier entlangkommen", murmelte er.

„Euch Kerlen werde ich's schon zeigen!" Ihm fiel die Nachrichtenmeldung von vorhin ein. Sollten das etwa . . .?

Da knackten Äste. Mit dem Rücken an die Rinde der Eiche gepreßt, wartete Krukow ab. Diese Kaltblütigkeit hatte er als erfolgreicher Panzersprenger schon im Krieg bewiesen. Erst als er ein leises Flüstern vernahm, sprang er mit einem mächtigen Satz hervor und brüllte: „Hände hoch!"

Keine zehn Schritte vor ihm standen zwei Männer wie angewurzelt.

„Hände hoch, habe ich gesagt, sonst . . ."

Krukow winkte bedrohlich mit seiner Bockbüchsflinte.

„Aber nicht doch! Wir . . ." begann der eine der beiden loszureden.

„Mund halten!" fuhr ihm Krukow ins Wort.

„Hier redet nur einer, und das bin ich! – Und jetzt ganz vorsichtig die MPs von der Schulter. Mit der linken Hand! Ganz langsam!"

Die beiden seltsamen Gestalten schauten sich an. Sie glichen sich wie ein Ei dem anderen: dunkle Drillichkleidung, Springerstiefel, geschwärzte Gesichter und darüber schwarze Wollmützen.

„Terroristen", schoß es Krukow durch den Kopf, und seine langen Beine wankten für einen Augenblick im Abendwind. Aber nur für einen Augenblick, dann stand er wieder felsenfest mit leicht gespreizten Beinen, die Büchse im Anschlag.

„Lassen Sie uns doch . . ."

„MPs runter!“ übertönte Krukow sein Gegenüber. Kopfschüttelnd leisteten sie Folge. Der eine von beiden schien zu grinsen.

„Na, euch werde ich's schon zeigen“, dachte Krukow. „Jetzt drei Schritte ganz langsam zurück – mit erhobenen Händen!“

Die beiden Männer stapften langsam rückwärts. Krukow folgte ihnen bis an die Stelle, wo die Waffen lagen. Er hob sie auf und hängte sie um die Schulter. Die Waffen schienen nagelneu, sicher erst kürzlich aus einem Depot gestohlen.

„Wir sind . . .“

„Ruhe!“ herrschte Krukow ihn an und versuchte furchterregend dreinzuschauen. „Hände über den Kopf und den Waldweg dort entlang! Aber schön langsam! Ich habe auf Schrot gestellt. Damit halte ich euch beide in Schach.“

Widerwillig setzten sich die beiden in Bewegung. Sie flüsterten noch kurz miteinander und marschierten dann in die befohlene Richtung.

„Na also!“ Krukow war erleichtert. Nun konnte nicht mehr viel schiefgehen. – Was für ein Abenteuer! Sein Freund Erwin Scholz, der Dorfpolizist, würde vielleicht Augen machen – und Leifert, der Bürgermeister! Zwei brandgefährliche Terroristen auf einen Streich gefangen! Die Zeitungen, das Fernsehen, die Belohnung! Krukow sah sich schon mit einem Heym-Drilling in den Händen, als plötzlich ein ohrenbetäubender Lärm über ihn hereinbrach.

Nur wenige Meter über den Baumwipfeln flog ein Hubschrauber vorbei. Krukow konnte gerade noch die Aufschrift „Polizei“ lesen, da fiel er der Länge nach hin. Eine Wurzel war ihm zum Verhängnis geworden.

Noch ehe sich der arme Jäger versah, waren die beiden Männer über ihm. Rasch wechselten Büchse und MPs den Besitzer. Krukow saß verdattert am Boden und schaute zu den beiden auf.

„So, mein Herr! Jetzt hat das Spielchen ein Ende“, sagte der eine grinsend. Krukow registrierte, daß sich seine Widersacher die Waffen um die Schulter gehängt hatten. Sie fühlten sich offenbar sehr sicher.

„Nun stehen Sie schon auf, und dann reden wir mal ein wenig.“ Der Sprecher reichte Krukow die Hand, um ihm aufzuhelfen. Doch der wich der Hilfe aus, tat zunächst schwerfällig und stand plötzlich wie der Blitz auf beiden Beinen. In den Händen hielt er eine Pistole, die er mit einem „Ratschen“ durchlud.

„Jetzt wird nicht geredet, auch nicht ein wenig!“ Krukow ging zwei Schritte zurück und blieb dann stehen. „Die Waffen runter!“

„Das darf doch nicht wahr sein . . .“, seufzte das eine Schwarzgesicht und ließ sein Gewehr auf den Waldboden gleiten. Der andere folgte seinem Beispiel.

„Und weiter geht's!“ Krukow winkte mit der Pistole in Richtung Dorf. Der seltsame Troß setzte sich wieder in Bewegung. Unser Mann hatte die drei Gewehre geschultert und hielt die Pistole in der rechten Hand. Der Ärger über seine Dummheit, die beiden mit einem Gewehr in Schach zu halten, war groß. Wo er doch die Pistole bei sich hatte.

Nun hielt er genügend Abstand und schaute nicht mehr in den Himmel.

„Der Hubschrauber ist bestimmt auf der Suche nach den beiden“, dachte er sich. Er kam sich nun noch wichtiger vor. Sie passierten die tiefbetraufte Buche mit Krukows Auto darunter und verließen kurz darauf den Wald.

Nebelschwaden hatten sich über die kniehohen Getreidefelder gelegt. Es roch stark nach Schädlingsbekämpfungsmitteln. Die Sonne war schon längst verschwunden, und das Dorf lag in einem schummrigen Dunst. Ein fernes Autogehupe war das einzige Geräusch, das durch den Nebel drang.

Krukow wurde zusehends ruhiger. Die beiden vor ihm machten keine Anstalten zu fliehen und schienen sich mit ihrem Schicksal abgefunden zu haben. Er mußte wieder an Zeitung, Fernsehen und den Drilling denken.

Als sie das erste Haus erreichten, stand dort der alte Sannemüller im Garten und paffte seine Gute-Nacht-Pfeife. Er staunte nicht schlecht über den seltsamen Trupp, der an ihm vorüberzog. Krukow nickte nur kurz, ließ die beiden vor ihm aber nicht aus den Augen.

Rasch hatte sich ein Schwarm Schaulustiger gebildet. Trotz der späten Abendstunde waren auch einige Kinder unter ihnen, die krakeelend um die beiden Gefangenen sprangen.

„Weg da, die sind gefährlich“, rief Krukow ärgerlich. Die Kinder gehorchten. Kurz vor der Polizeiwache kamen ihnen Hauptwachtmeister Scholz und ein junger Kollege entgegen. Der Hauptwachtmeister schien sichtlich nervös zu sein. Er schaute fragend in die Runde, zog seine Dienstpistole und steckte sie wieder fort.

„Lassen Sie uns erklären . . .“ begann das eine Schwarzgesicht, auf Scholz einzureden.

„Handschellen!“ brüllte Krukow dazwischen.

Der junge Polizeibeamte löste umständlich ein Paar Handschellen von seinem Gürtel und verband die beiden Männer mit einem Klicken. Darauf wurden sie in die Wache geführt. Krukow folgte und knallte die Maschinenpistolen auf den Vernehmungstisch.

„Die hatten sie bei sich, als sie durch mein Revier strichen – Terroristen, vermute ich.“ Der alte Scholz bekam ein entsetztes Gesicht.

„Einen Polizeihubschrauber habe ich draußen auch gesehen. – Ich muß jetzt zurück, mein Fernglas und meinen Wagen holen. Schließt sie gut weg. Ich bin gleich wieder da.“

Als er zur Tür hinaus wollte, kam ihm Bürgermeister Leifert entgegen.

„Otto! Gut, daß ich dich treffe. Fahr mich mal eben in die Amtsheide, mein Auto holen. Unterwegs erzähle ich dir alles.“

Otto Leifert machte kehrt und klopfte Krukow anerkennend auf die Schulter. Er hatte auf der Straße schon von dessen

Heldentat gehört. Vergessen waren in diesem historischen Moment die dorfpolitischen Querelen der letzten Zeit.

„Der ganze Ort wird stolz auf dich sein!“

Während der Autofahrt erzählte Krukow in knappen Sätzen seine Geschichte. Der gute Bürgermeister wurde bei jedem Wort aufgeregter. Noch vor einer Stunde war er im Nachbardorf gewesen. Dort hatte er am Waldesrand mehrere Mannschaftswagen und eine Hundestaffel der Polizei gesehen und sich schon seine Gedanken gemacht. Daß aber gerade bei ihm im Dorf die beiden Terroristen gefangen würden – und dann noch von einem Einheimischen! – Das war einfach zuviel.

Minuten später waren sie im Wald an der besagten Eiche, wo Krukow das Zielfernrohr und seinen Hut unbehelligt vorfand. Gestenreich schilderte er noch einmal das Vorgefallene an Ort und Stelle. Anschließend fuhren die beiden Männer jeder in seinem Wagen ins Dorf zurück.

Gedanken an Ruhm, Ehre und Anerkennung begleiteten sie. Vielleicht fällt neben dem Drilling noch eine kleine Jagdreise nach Alaska ab, dachte sich Krukow. Ein Elchgeweih würde sich über dem Sofa in der Stube gut machen – passend zum Liederley-Ölgemälde.

Bürgermeister Otto Leifert sah sich bereits auf einem Fernsehempfang vor dem frisch gestrichenen Gemeindehaus. Für die Gemeindewahlen in 6 Wochen konnte er sich keine bessere Propaganda vorstellen. Und möglicherweise – er mußte aus Vorfreude glucksen – bekäme der Ort endlich eine Kläranlage.

Als die beiden Autos vor der Polizeiwache vorfuhren, staunten die Fahrer nicht schlecht. Etliche Polizeiwagen standen dort, Mannschaftsbusse, gefüllt mit Schutzpolizisten – Schäferhunde kläfften.

„Die sind aber schnell!“ sagte Leifert. „Und hörst du den Krach da drinnen. Du scheinst einen fetten Fang gemacht zu haben.“

Krukow wehrte bescheiden ab, aber seine Brust schwoll vor Stolz. In der Tat war aus dem Haus freudiges Gejohle zu hören. Da gab es etwas zu feiern. Als sie die Tür öffneten, trauten sie ihren Augen nicht. Unzählige Uniformierte standen herum, jeder eine Bierflasche in der Hand. Und mitten unter ihnen – auch mit je einer Bierflasche – die beiden Schwarzgesichter. Von Handschellen keine Spur.

Der eine von ihnen sah Krukow und kam lächelnd auf ihn zu.

„Gestatten Sie, Oberwachtmeister Strehlke. Endlich lassen Sie mich mal aussprechen." Er klopfte Krukow freundschaftlich auf die Schulter. „Sie haben geradezu erstklassig eine Fahndungsübung der Schutzpolizei platzen lassen. Mein Kollege und ich waren die Feinddarsteller – bis wir auf Sie trafen. Da wurde es plötzlich ernst. Wir wollten kein Risiko eingehen, doch bei echten Terroristen hätten Sie sicherlich nicht so ein leichtes Spiel gehabt."

Er reichte Krukow ein Bier. Der arme Jägersmann grinste verlegen und drehte sich hilfesuchend zu Bürgermeister Leifert um. Doch der war ganz plötzlich spurlos verschwunden.

Katzenjammer

Landwirt Otto Warrelmann ist stinkesauer. Er schreitet die Strecke ein zweites Mal ab. Kein Zweifel! Exakt 300 m bis zu seinem Hof. Und dazwischen liegen nur Felder und Wiesen. Das reicht laut Jagdgesetz.

„Dieser verfluchte Kerl!“ entfährt es ihm. „Sicher hat er das Mohrchen nah am Dorf geschossen und dann hierhier geschleift. Damit ich sie ja auch finde und mich ärgere.“ Er kehrt zurück zu dem Stoppelfeld, wo seine Katze mausetot in der Furche liegt.

„Das riecht förmlich nach einem Racheakt. Nur, weil ich im Jagdvorstand der einzige gewesen bin, der gegen ihn gestimmt hat. Von vornherein war ich gegen ein Meistgebot und für einen vernünftigen Einheimischen als Pächter. Man sieht ja, was so ein zugezogener Rechtsverdreher anstellt. Na warte, das letzte Wörtchen ist noch nicht gesprochen.“

Wutschnaubend hebt er die tote Katze auf und trägt sie heim. Er vergräbt sie unterm Mist. Seiner Frau soll der Anblick erspart bleiben.

„Oh, unser armes Mohrchen!“ jammert Frau Warrelmann, als sie die schlechte Nachricht erfährt. „Sie hat sich nie weit hinaus in die Feldmark getraut – und wenn, dann nur wegen der Mäuse. Woher nimmt sich dieser eingebildete Fatzke das Recht, so etwas zu tun!?“

Otto Warrelmann versucht seine Frau zu beruhigen; doch vergebens: „Wenn ich seine Frau in ihrem Fuchsmantel beim Fleischer schon sehe: ‚Bitte schön, Frau Dr. Richter! Was darf es denn heute sein? Ja, aber gern doch. Und ein paar saftige Knochen für den Jagdhund? Mit Vergnügen!‘

Und auf unser Haustier schießt ihr Mann. Ich war schon immer gegen diese Jäger. – Otto, ich hoffe, du bist nun so schlau und gehst am Samstag nicht zu der Treibjagd. Läßt dich als Treiber ja doch nur ausnutzen.“

Der alte Bauer streicht sich das bartstoppelige Kinn. „Warte ab, Gertrude! Warte ab! Ich habe da eine Idee.“ –

Eine halbe Stunde später begibt sich der alte Warrelmann in den Geräteschuppen, in den hinteren Teil, dort, wo der Staub am dicksten liegt. Schon bald hat er das Gesuchte entdeckt: die Kastenfalle von seinem Großvater.

Rasch ist sie mit etwas Öl gängig gemacht und ein Fläschchen Baldrian aus dem Apothekenschrank geholt. Gerade rechtzeitig bricht die Dunkelheit herein. Es kann also losgehen.

Verwundert schaut die Bäuerin ihrem Mann nach, der noch zu solch später Stunde mit dem Trecker davonfährt, ein gar seltsames Gepäckstück auf der Ackerschiene.

Am nächsten Morgen beobachtet sie schlaftrunken, wie er ebenfalls heimlich im Dunkeln mit dem selben Gefährt den Hof verläßt und zehn Minuten später zurückkehrt. Verschmitzt grinsend tritt er an den Frühstückstisch, erzählt aber kein Wort. Die kluge Ehefrau verkneift sich ihre Fragen und schenkt den Kaffee ein.

Am Samstag ist Treibjagd. Bauer Warrelmann geht wie immer als Treiber. Schließlich gibt es am Abend eine zünftige Erbsensuppe mit Bauchspeck, natürlich auf Kosten des Jagdpächters – das muß man nutzen. Den Herrn Staatsanwalt kann man nicht genug schädigen. Aber zunächst hat er ja noch eine andere Rechnung zu begleichen.

Im zweiten Treiben hat es der schlaue Landwirt so eingefädelt, daß er bei einem Kesseltreiben neben Dr. Richter geht. Verstohlen blickt er zu dem hochnäsig durch das Gras wandelnden Jagdherrn.

Als ein Hase vor dessen Füßen aus der Sasse springt, ist der Jäger zu langsam und umständlich, so daß sich der Löffelmann hinter eine Bodenwelle retten kann. Otto Warrelmann hört das Gefluche mit Wonne.

Mitten im dichten Buschwerk bückt sich ungesehen unser Treiber und schnallt den Rucksack ab. Hier und jetzt muß es geschehen. Er holt ein Hasenfell und eine Katze hervor – die Katze von Dr. Richter. Geschickt stülpt er dem Tier den

Hasenbalg über und verschnürt ihn unter dem Bauch. Dann wirft er das armselige Geschöpf hinaus vor die Büsche.

Schon ist der erste Vorstehhund zur Stelle, und eine Hetzjagd beginnt. Sie führt genau vor die Flinte des Dr. Richter. Dieser hebt elegant das Gewehr, zielt und drückt zweimal ab. In ihrer Todesangst jedoch schlägt die vermummte Katze derartige Haken, daß der Schütze verfehlt. Der Jäger wettert Stein und Bein. Er lädt von neuem.

Als der Jagdhund das „Ungetüm" beinahe erreicht hat, erklimmt es mit letzter Kraft eine Birke und läßt sich dort miauend in der Krone nieder.

Dr. Richter klappt den Mund auf und zu. Sofort läßt er das Treiben abblasen und die merkwürdige Kreatur von einem jungen Treiber vom Baum holen. Außer sich vor Wut und mit seiner Katze unter dem Arm zieht er von dannen.

Otto Warrelmann und die übrigen Jagdteilnehmer müssen an diesem Abend auf ihre Erbsensuppe mit Bauchspeck verzichten.

Holland & Holland

Ein dichter Hagelschauer geht auf die Landstraße nieder. Einen Moment lang ist alles weiß – weiß wie die Blüten der Apfelbäume am Straßenrand. Für sie ist der plötzliche Kälteeinbruch mit Graupel- und Hagelschauern recht unangenehm. Doch ebenso schnell wie entstanden, verwandelt sich die weiße Pracht in ein glänzendes Naß. Zurück bleiben die weißen Apfelblüten, deren Blütenblätter nicht gerade verheißungsvoll herabhängen.

Aus dem nahen Dorf kommt langsam ein Auto die Straße entlang. Es hat noch die Scheinwerfer eingeschaltet, obwohl schon wieder die Sonne durch das Wolkendach scheint. In dem Wagen sitzt Landarzt Dr. Mooslehner, auf einer kalten Zigarre kauend. Interessiert schaut er in die Feldmark rechts und links der Straße. Ein Fernglas liegt parat auf dem Beifahrersitz.

Es ist kurz vor Mittag. Zu dieser Tageszeit treten die Rehe häufig bis dicht an die Straße; zu verlockend ist das zarte Grün auf den Äckern und Wiesen. Der Arzt kann aber kein Wild entdecken. Sicherlich verharrt es bei diesem verrückten Aprilwetter lieber in den Einständen. Das tut der Laune des Autofahrers aber keineswegs einen Abbruch. Denn allein der Anblick des Reviers, das er erst vor wenigen Tagen – nach zähem Ringen mit der Konkurrenz – wiederum für neun Jahre gepachtet hat, erfüllt ihn immer von neuem mit Freude.

Dort, wo das verwitterte Holzschild zum Meier-Hof weist, verläßt das Auto die Landstraße und biegt in einen Feldweg ein. Vergessen sind nun die jagdlichen Träumereien unseres Mannes. Er muß an seinen Patienten auf dem Meier-Hof denken, einen schwierigen Patienten, den er nicht gern aufsucht. Die Behandlung dauert aus diesem Grund auch stets nur wenige Minuten – gerade lange genug, um die nötige Spritze anzubringen. Doch an diesem launischen Apriltag soll der Landarzt Dr. Mooslehner weitaus länger als gewöhnlich in dem ungastlichen Gutshaus inmitten seines Jagdrevieres verweilen . . .

Als das Auto den steinernen Torbogen durchfährt, schlägt der Hofhund sofort an. Der Doktor fährt unbekümmert eine weite Schleife auf dem großzügig angelegten Hof, dessen Blütezeit aber Jahrzehnte zurückzuliegen scheint. Vor dem Hauptportal, das dringend eines Neuanstrichs bedarf, stoppt der Wagen, und der Arzt springt leichtfüßig hinaus. Er weiß den Hofhund an einer stabilen Eisenkette.

Noch rechtzeitig, bevor der nächste Hagelschauer losbricht, wird die Tür geöffnet und der Gast in das Haus gebeten.

„Guten Tag, Frau Meier. Ist das ein Aprilwetter! Da möchte man ja keinen Hund vor die Tür jagen." Er stellt seinen Arztkoffer auf ein Vertiko und legt den Mantel ab.

„Jawohl! Keinen Hund vor die Tür . . ." antwortet die Frau mit rauher Stimme und wendet sich zur Treppe. „Kommen Sie. Ihm geht's heute wieder gar nicht gut."

Dr. Mooslehner folgt der korpulenten, ganz in Schwarz gekleideten Hausherrin die Stufen hinauf. Es ist recht kühl im Treppenhaus und riecht nach Moder. „Kein Wunder", denkt der Arzt bei sich, „bei derartigen Temperaturen kann man ja nur zur Flasche greifen." Er ärgert sich, daß er den wärmenden Mantel abgelegt hat.

Im Schlafzimmer des Patienten ist es nicht minder kalt. Als sich der Doktor auf den Bettrand setzt, spürt er das klamme Laken.

„Guten Tag, Herr Meier", grüßt er nüchtern und reicht dem alten Mann die Hand. Obwohl dieser erst 58 Jahre zählt, wirkt sein Äußeres – bedingt durch die Trinkerei – wie das eines 70jährigen. Sein aufgeschwemmtes Gesicht hat einen teilnahmslosen, verhärmten Ausdruck. „Ich weiß schon, warum es Ihnen heute nicht so gut geht. Sie sparen zu sehr an den Heizkosten." Der Arzt schielt unauffällig unter das Bett, wo er Aufwärmmittel in Flaschenform vermutet.

„Aber, Herr Doktor, wir haben doch schon April." Die mühsam hervorgebrachte Stimme geht in ein Husten über.

„Das nun auch noch!“ schüttelt Dr. Mooslehner den Kopf. „Zu der Leberzirrhose gar eine Lungenentzündung – Ihre Frau möchte bitte sofort den Ofen anzünden.“

Frau Meier verschwindet mit einem Achselzucken im Treppenhaus. Um den Kachelofen zu heizen, von dem ein Luftschacht in das Schlafzimmer führt, muß sie hinunter in die Küche.

Der Arzt kramt in seinem Koffer. „So, nun bekommen Sie wieder Ihre Spritze, und dann sehen wir weiter.“

Die Stimmung dieses Hauses bedrückt ihn; zu ungastlich und unfreundlich sind seine Bewohner. Trotz einer langjährigen ärztlichen Betreuung ist es nie zu einem vertrauensvollen Verhältnis gekommen. Die Visiten sind daher stets von recht kurzer Dauer. Sicher, es handelt sich um arme Leute, die kaum noch etwas besitzen. Die gesamten Ländereien sind verkauft und der Erlös ausgegeben – zu einem nicht unerheblichen Teil für Alkoholika –, aber die Schuld ist dem alten Meier selbst zuzuschreiben . . . und seiner Frau, diesem Hausdrachen. Beide haben wenig Gefallen an der Landwirtschaft gezeigt und so den ehemals prächtigen Hof verkommen lassen, bis sie nicht mehr einen Morgen Acker besaßen. Heute lebt das Ehepaar Meier – zusätzlich gestraft mit dem geistig zurückgebliebenen Sohn Helmut – von einer kleinen Rente und der Sozialhilfe.

Nach wenigen Minuten hat Dr. Mooslehner seine Behandlung beendet und packt sein Besteck zusammen. Der Patient hat in der ganzen Zeit an die Zimmerdecke gestarrt und kein Wort gesprochen, nur ab und zu gestöhnt. Während sich der Arzt mit einem Händeschütteln bei dem Kranken verabschiedet, kommt Frau Meier zurück ins Zimmer.

„Josef . . .“ drängt sie ihren Mann, „du wolltest den Doktor noch was fragen!“ Mit ärgerlicher Geste deutet sie auf Dr. Mooslehner, der mit seinem Koffer bereits zum Gehen bereit steht.

„Ach ja!“ krächzt der Alte wie eine Krähe, die gerade einen totgefahrenen Hasen auf der Landstraße entdeckt hat. Mühsam versucht er, sich im Bett ein wenig aufzusetzen. „Sie sind doch Jäger, Herr Doktor, und kennen sich mit Waffen aus, nicht wahr?"

Der Gefragte nickt ungeduldig. Zu Hause wartet das Mittagessen. „Ja, solange es sich um Jagdwaffen handelt."

„Und Schrotflinten?"

„. . . sind sogar meine Leidenschaft."

Herr Meier wird richtig lebendig. „Na bestens! Hedwig sag doch unserem Sohn Bescheid. Er soll das Gewehr hochbringen."

Frau Meier ruft ein paar Worte ins Treppenhaus. Eine entfernte Männerstimme antwortet. Dem Arzt ist diese Verzögerung gar nicht recht, zumal bereits sein Magen knurrt.

„Wahrscheinlich ist das Ding nicht mehr zu gebrauchen. Aber Sie können ja mal schauen", sagt der alte Meier müde – die Spritze beginnt langsam zu wirken.

Da kommt Frau Meier zurück, gefolgt von ihrem Sohn. Helmut grüßt kurz mit einem Nicken. Er ist Ende Zwanzig, untersetzt und hält den Mund stets ein wenig geöffnet. In seinen großen Händen hält er eine Flinte, eine rostige, heruntergekommene Doppelflinte. Verunsichert schaut er den Doktor an.

„Bitte sehr!" ergreift da Frau Meier das Wort. „Dieses gute alte Stück hat unser Helmut gestern in der Scheune gefunden, beim Aufräumen. Lag im alten Taubenschlag unterm Dach und steckte in einem verschimmelten Sack."

Dr. Mooslehner sucht seine Brille heraus und setzt sie auf. Mit spitzen Fingern greift er nach der Flinte, die vor Schmutz und Rost starrt.

„Die ist aber . . ." dem guten Mann bleiben die Worte im Halse stecken. Ähnliche Symptome wie damals, unmittelbar vor dem Erlegen des ersten Bockes in dem Revier seines Schwiegervaters, treten auf: zitternde Hände, trockener Mund und weiche Knie. Er muß sich setzen.

„Herr Doktor!?" fragt besorgt Frau Meier. „Ist Ihnen nicht gut?"

Der Arzt wischt sich die Schweißperlen von der Stirn. „Die . . . die Hitze!“ stottert er. „Sie haben ja mächtig eingeheizt. Könnten Sie bitte ein Fenster öffnen!“

Die drei Meiers schauen verdutzt auf ihren Besucher. Kopfschüttelnd öffnet Frau Meier das eine Fenster.

„Erst zu kalt und jetzt zu heiß“, sagt der alte Meier und blickt argwöhnisch. „Was ist nun mit dem Gewehr?“

Dr. Mooslehner starrt immer noch auf die Waffe in seinen Händen. Ruhig, ganz ruhig bleiben, sagt er sich, lieber noch einmal vergewissern. In der Tat, es besteht kein Zweifel. Man kann es durch den Rost hindurch lesen. Sie ist es!

„Sieht zwar ziemlich mitgenommen aus“, meint Frau Meier, „aber die Beschläge – an der Seite da – sind bestimmt noch brauchbar.“ Sie zeigt auf die herrlich verzierten Seitenschlösser, deren Edelmetall kaum gelitten hat.

Der Doktor hört nicht zu. Das, was er da in den Händen hält, ist ein Schatz. Als erfahrener Waffensammler und -kenner hat er sie eindeutig identifiziert. Es ist die Seitenschloß-Doppelflinte Holland & Holland aus dem Jahre 1922! Die vermißte Schwesterflinte, deren Vergleichsstück sich im Besitz von Prinz Philip, Herzog von Edinburgh, befindet.

Trotz des widrigen äußerlichen Zustandes hat die Waffe ihre Formschönheit und unübertroffene Eleganz bewahrt: feinste Arabesken-, Rosetten- und Bukettgravur lassen sich erahnen; der Wurzelmaserschaft in typisch englischer Form, aus dem allerdings leider die Wappenplatte entfernt worden ist. Kein Wunder, sie bestand aus 14karätigem Gold.

„Nun . . . ?!“ fragt der alte Meier mißtrauisch. Seine Augen fangen an, nervös zu zucken.

Dr. Mooslehner hat sich gefangen. Als Arzt würde er sich zwar noch eine hochgradige Hypertonie infolge einer Anhebung des Adrenalinspiegels bescheinigen, doch nach außen wirkt er ruhig und gelassen. Er denkt klar und rasch. Unter gar keinen Umständen darf dieses Prachtstück von Gewehr in den Händen dieser Kunst- und Kulturverächter bleiben. Sie würden es sowieso dem erstbesten Dahergelaufenen verkaufen, sobald sie dessen Wert erführen. Irgendeinem neureichen Schnösel, der lediglich das Geld, aber keine Spur von Zuneigung, Gefühl oder Liebe für derartige Gegenstände zu bieten hätte.

„Einen Moment noch bitte!“ sagt der Doktor trocken. Er wendet die Waffe ein weiteres Mal in seinen Händen. Feiner Roststaub rieselt auf seine Hose, was ihn jedoch wenig zu stören scheint.

Es steht fest: Er muß diesen Schatz besitzen! Obwohl er ihn sich finanziell ganz und gar nicht leisten kann. Heute kostet eine nachgebaute Waffe dieser Art über 50 000 DM. Was würde man aber für das gute Stück, restauriert und technisch überholt, auf der Waffenbörse bieten? Der ideelle und historische Wert der Flinte würde den Preis in astronomische Höhe treiben. Dem Arzt wird schwindlig. Um ein Haar wäre er von der Bettkante gefallen.

Also, was ist zu tun? Die Meiers in Unkenntnis lassen und das Gewehr für einen geringen Betrag erwerben. Jawohl! – Nein, betrügen will er nicht, um Gottes Willen. Lediglich nicht ganz so viel bezahlen . . . Warum mußten auch die Neuverpachtung und der neue Röntgenapparat gerade in dieses Frühjahr fallen. Schulden über Schulden waren die Folge.

Die Meiers würden das viele Geld ja doch nur verjubeln – das meiste für Alkohol. Das kann er aus ärztlicher Sicht auf gar keinen Fall gutheißen.

Geringschätzig hält Dr. Mooslehner die Waffe von sich. „Nein, beim besten Willen! Diese Flinte hat ihren Geist für immer aufgegeben.“ Die Meiers schauen sich unschlüssig an. Derweil verfällt der Arzt wieder ins Grübeln.

Was man nicht weiß, macht einen nicht heiß! – Es ist ja nicht unbedingt nötig, den kostbaren Fund an die große Glocke zu hängen. Drunten, in seinem Waffenkeller, würde er das gute Stück in aller Heimlichkeit restaurieren und sorgfältig wegschließen. Die Bekanntgabe des Fundes riefe wahrscheinlich etliche Neider, Diebe oder gar einen habgierigen Erben auf den Plan. Also: Geheimnisstufe eins ist geboten!

Abend für Abend würde er sich in den Keller schleichen und seinen Schatz betrachten. Ihn nur mit den kostbarsten Ölen und Fetten pflegen, ihn streicheln und liebkosen . . .

„Dann eben nicht", tönt Frau Meier unwirsch und reißt den Doktor aus seinen Träumen. Sie will ihm die Waffe aus der Hand nehmen, doch dieser weicht erschreckt zurück.

„Einen Augenblick noch!" Er wendet sich noch einmal der Flinte zu. Nein, der Rost ist nur oberflächlich. Er wird keine Narben hinterlassen. Wahrscheinlich ist das edle Metall erst in allerletzter Zeit der Feuchtigkeit ausgesetzt gewesen und hat vorher im Trockenen geruht. Auch der Schaft scheint noch in gutem Zustand zu sein, es ist lediglich die Oberfläche verschmutzt und zerkratzt.

Mit einem kräftigen Ruck öffnet Dr. Mooslehner die Waffe. Innen sieht sie schon besser aus. Zwar ist das Metall stumpf und hat lange keinen Tropfen Waffenöl gesehen, aber Rost hat es hier noch nicht angesetzt. Auch das Laufinnere scheint noch recht passabel.

„Und die Verzierung?" startet der alte Meier einen letzten Versuch. „Die hat am wenigsten gelitten und ist sicher noch verwendbar."

Der Arzt kräuselt gekonnt die Stirn. „Tja – wenn überhaupt etwas von dem Gewehr zu gebrauchen ist, so sind es – mit allem Wohlwollen – bestenfalls die Seitenschloßplatten." Er muß sich räuspern. „Und für die hätte wahrscheinlich sogar ich Interesse."

Frau Meier atmet tief durch. „Na, wenigstens etwas!"

„Aber, was meinen Sie denn", fragt der Doktor, „wie die Flinte in Ihre Scheune geraten ist?"

Herr und Frau Meier schauen sich an, als hätten sie diese Frage erwartet. Sie nickt zustimmend, und der Hausherr ergreift schwerfällig das Wort.

„Ich kann mich noch schwach an eine Begebenheit im Sommer 1945 erinnern, wenige Wochen nach Kriegsende. Damals kam mein Onkel, ein ehemaliger SS-Offizier, zu uns und suchte Unterschlupf. Unter seinen Habseligkeiten befand sich meines Wissens auch diese Waffe. Und da in jener Zeit auf Waffenbesitz die Todesstrafe stand, hat er sie zusammen mit meinem Vater versteckt."

Dr. Mooslehner nickt. Er weiß lediglich, daß die besagte Flinte im Jahre 1931 ein Geschenk des britischen Königs an das befreundete Welfenhaus in Hannover war. In den Kriegswirren muß sie dort abhanden gekommen sein.

„Und was ist aus Ihrem Onkel geworden?" will der Arzt wissen.

„Der ist wenige Tage nach seinem Auftauchen von den Alliierten gefaßt worden. Er soll sich später erhängt haben."

„Also steht uns sein Erbe zu", wirft Frau Meier dazwischen. – „Nun haben Sie aber lange genug geschaut. Davon wird das alte Stück auch nicht neuer."

„Meine Frau hat recht. Wollen Sie nun, oder wollen Sie nicht?"

Der Doktor holt tief Luft. Er kann das Ganze noch gar nicht fassen. „Ja, eigentlich schon. Ich könnte versuchen, die Seitenschlösser zu restaurieren. Vielleicht lohnt es sich."

„Man kann sicher schönen Schmuck daraus machen, beim Juwelier." Dieser Vorschlag kam von Sohn Helmut. Dem Arzt dreht sich bei diesem Gedanken der Magen um.

„Wenn Sie erlauben", erwiderte er schnell, „nehme ich das Gewehr mit zu mir nach Hause und untersuche es eingehend. Anschließend mache ich Ihnen einen guten Preis."

Doch Dr. Mooslehner hat nicht mit der Schnelligkeit von Frau Meier gerechnet. Mit einem Ruck hat sie ihm die Waffe entrissen.

„Das könnte Ihnen so passen. Einfach mitnehmen und dann auf Nimmerwiedersehen. Nein, nein – erst das Geld, dann die Ware."

„Aber Frau Meier", entrüstet sich der Arzt.

„Mir können Sie doch vertrauen."

„Hedwig, bist du wohl freundlicher zu dem Herrn Doktor!" krächzt da der Alte aus dem Bett. Er hat Geld gerochen. „Wir können froh sein, wenn wir überhaupt ein paar Mark für den rostigen Schießprügel bekommen."

„Immer mit der Ruhe, Josef!" antwortet Frau Meier trotzig. „Tante Annas Schwiegersohn ist auch Jäger. Den können wir ja auch zu Rate ziehen."

Dem armen Doktor wird wieder recht warm. Er sieht schon seine Felle davonschwimmen und geht deshalb zum Angriff über: „Nun hören Sie schon auf. Gut, Sie bekommen das Geld gleich."

„Wieviel?" fragen die beiden Meiers wie aus einem Munde. Der Arzt grübelt. Nennt er einen zu hohen Preis, schöpfen sie Verdacht und holen noch anderweitig Erkundungen ein. Ist das Angebot jedoch zu niedrig, verlieren sie gar jegliche Lust an dem Geschäft. Er muß also den goldenen Mittelweg gehen.

„150 DM!" sagt er kurzentschlossen. Um nicht als ein allzu schäbiger Betrüger dazustehen, kann er ja später noch etwas draufzahlen. Er hätte den Wert der Waffe unterschätzt und die Meiers werden sich über jede zusätzliche Mark freuen.

„300 DM!" erwidert Frau Meier. Sie unterstreicht ihr Angebot mit einem scharfen Blick.

„Hedwig . . .!" Herrn Meiers Protest geht in einem Hustenanfall unter.

„Einverstanden!" antwortet Dr. Mooslehner und ärgert sich im gleichen Augenblick über seine Voreiligkeit. Die schnelle Zustimmung könnte ihr Mißtrauen wecken. Doch nichts dergleichen passiert. Im Gegenteil, die Meiers scheinen sichtlich erfreut, ein so gutes Geschäft gemacht zu haben.

„Da wir uns nun einig sind, kann ich die Flinte ja wiederhaben." Der Arzt ist aufgestanden und zum Aufbruch bereit.

„Nein! Nur gegen Vorkasse." Frau Meier weicht einen Schritt zurück und rempelt dabei ihren Sohn Helmut an.

„Aber ich habe keine 300 DM bei mir", protestiert der Doktor.

„Dann holen Sie sie und kommen wieder."

„Aber Hedwig . . ."

„Sei du ruhig! Das Geld bekommst du eh nicht zu Gesicht."

„Also gut“, lenkt der Arzt ein, „ich hole das Geld von der Bank. Doch jetzt ist Mittagspause. Es wird einige Zeit dauern.“

Schweren Herzens verabschiedet er sich und eilt die Treppe hinab. Es ist bereits halb zwei. In eineinhalb Stunden öffnet die Sparkasse. Also erst mal zum Mittagessen nach Hause, wo mit Sicherheit eine verstimmte Hausfrau und Köchin wartet.

Knapp zwei Stunden später kommt Dr. Mooslehner erneut auf den Meier-Hof gerast. Wegen seiner Unachtsamkeit wäre er beinahe mit dem Müllwagen zusammengestoßen, der gerade den Hof verläßt. Der Arzt springt aus dem Wagen und betritt das Haus, ohne die Klingel zu betätigen. Frau Meier ruft ihn ins Schlafzimmer hinauf.

„So, – hier sind die 300 DM. Sechs Fünfzigmarkscheine.“ Wortlos nimmt Frau Meier das Geld, zählt es kurz nach und läßt es in ihrer Rocktasche verschwinden. Zufrieden nickt sie ihrem Mann zu.

„Und wo ist die Flinte?“ Der Doktor schaut sich suchend im Zimmer um.

„Helmut kommt schon“, antwortet Frau Meier und deutet zur Tür. Sie wirkt nun weitaus freundlicher als am Mittag.

Als der Sohn in der Tür erscheint, bleibt dem Arzt vor Schreck das Herz stehen. Fassungslos starrt er auf die beiden Seitenschloßplatten in Helmuts großen Händen.

„Ja, unser Sohn hat handwerkliches Talent“, erklärt Frau Meier stolz. „Er hat sich die Mühe gemacht, Ihnen feinsäuberlich die Platten vom Gewehr abzuschrauben. Wie Sie sehen, ist es ihm vortrefflich gelungen. So bleibt Ihnen diese Arbeit erspart, und Sie brauchen den restlichen Abfall nicht mitzunehmen.“ Sie muß kichern. „Und wir haben auch noch etwas davon. Der Schaft paßte in einem Stück in den Ofen und heizt ganz vorzüglich. Der Lauf dagegen ging noch für fünf Mark an den Müllkutscher. Von ihm wissen wir schon lange, daß er Alteisen sammelt. So etwas nennen wir optimale Ausnutzung.“

Und sie kicherte und kicherte . . .

Der Grenzbock

Der Vorfall ereignete sich in einem Harzer Forstamt, dort wo vor gar nicht allzu langer Zeit Deutschland und Deutschland noch recht unfreundlich aneinanderstießen.

Hubertus, der Sohn des Revierförsters, hatte von seinem Vater einen Rehbock freibekommen. Er hatte sich auch schon einen seltenen Korkenzieherbock ausgeguckt, einen alten Knaben, der im April bereits blank gefegt hatte. Er trieb sich in der Nähe der Felsenhütte herum, nur einen Steinwurf von der Grenze entfernt.

Hier bezog Hubertus mit seiner Dackelhündin Amsel an jenem Maiwochenende Quartier. Es herrschte ein Bilderbuchwetter. Die beiden Jäger entschlossen sich für die Hechtsuppenleiter, wo es sonst immer so zieht. Doch an diesem Abend ging kaum ein Lüftchen, und es war angenehm warm.

Mit den letzten Sonnenstrahlen trat dann auch der gesuchte Bock aus der Fichtenschonung. Hubertus hatte keine Mühe mit dem Ansprechen und ging in den Anschlag. Als der Schuß raus war, zeichnete der Bock wie bei einem Weidwundschuß und verschwand in den Fichten.

Hubertus konnte es nicht glauben, er war so gut abgekommen. Als er seinen Repetierer aber genauer betrachtete, bemerkte er, daß das Zielfernrohr in dem hinteren Halteschuh nicht richtig eingerastet war. – So ein Pech! Das war ihm noch nie passiert.

Jäger und Hund warteten noch eine halbe Stunde und baumten dann ab. Beim Anschuß fanden sie derart viel Schweiß, daß sich der Förstersohn zu einer sofortigen Nachsuche entschloß, denn es bestand die Gefahr, daß in dieser warmen Nacht das Wildbret des Bockes Schaden nehmen würde. Und außerdem war es noch recht hell, und der Vollmond versprach eine zusätzliche Lichtquelle.

Ungestüm zog Amsel ihren Herrn durch die Fichten in das Tal hinunter. Überall war Schweiß zu finden. Zehn Minuten später standen sie vor einem Schild: HALT! HIER ZONENGRENZE! Der kleine Bach im Talgrund vor ihnen bildete die deutsch-deutsche Grenze. Dahinter befand sich eine Landzunge von DDR-Gebiet, die weit nach Westdeutschland hineinragte. Um nun Maschendraht und Minen zu sparen, hatte man den Grenzzaun ca. 500 m im Inneren des Landes errichtet und so ein Eldorado für bundesrepublikanisches Wild geschaffen.

Auf den Steinen des Baches leuchtete der Schweiß im Mondlicht. Hubertus versteckte seinen Repetierer in der Hohlkehle einer mächtigen Fichte und hob seinen Hund über den Bach. Trotz nicht vereinbarter Wildfolge setzten die beiden ihre Nachsuche im anderen Deutschland fort.

Bereits nach wenigen Schritten stießen sie auf den verendeten Bock. Erleichtert hielt Hubertus seiner Amsel den Fang zu, die gerade mit dem Verbellen beginnen wollte. Ohne viel Zeit zu verlieren, wurde der Rückweg angetreten.

Plötzlich waren sie da. Mit einem mächtigen Satz konnte sich Hubertus noch gerade unter eine tiefe betraufte Fichte retten. Dackelhündin Amsel folgte mit eingeklemmter Rute.

„Hier habe ick janz deutlich wat jesehen“, berlinerte der eine Vopo. Hubertus hörte das Ratschen eines Karabinerschlosses. „Na gut! Bleib du hier am Graben“, erwiderte der andere auf sächsisch. „Ich leuchte mal dort in den Busch.“ Er kam direkt auf das Versteck unserer beiden Jäger zu. Mit dem Strahl einer starken Taschenlampe durchkämmte er den Wald. Als er nur noch wenige Schritte von den zwei Grenzverletzern entfernt war, wurde es der armen Amsel zu bunt. Sie entzog sich geschickt dem Griff ihres Herrn und sprang laut kläffend hervor.

„Uff! Ich dachte schon ’ne Wildsau“, hörte Hubertus den Sachsen rufen. Er versuchte, Amsel in den Lichtkegel seiner Lampe zu bekommen. Doch die spurtete zum Bach und sprang gekonnt über die Grenze. Aufgeregt bellend verschwand sie in Richtung Felsenhütte.

„Wie der Hund wohl hierher kommt?“

„Der wird sich verlofen haben. – Los komm! Det war’s wohl, wat ick jesehen habe. Der Kaffee wartet.“

Hubertus fiel ein Stein vom Herzen. Er blieb noch eine halbe Stunde in seinem Versteck, bevor er aufbrach. Mit dem Bock auf den Schultern überquerte er ungehindert die Grenze und lief zur Felsenhütte.

Freudig und sich mit der Zunge über die Lefzen schleckend, empfing ihn die Dackelhündin, als wollte sie sagen: „Für diesen Husarenstreich bekomme ich aber die ganze Leber!“

Der Hauptmann und die Krähen

Wir schrieben das Frühjahr 1942. Unsere Batterie lag unweit von Woronesch in einem kleinen Dorf direkt am Don. Seit gut drei Wochen saßen wir hier fest und fühlten uns schon recht heimisch. Vorbei war der harte russische Winter, der Frühling zog über das weite Land. Das milde Wetter schien auch unseren Frontabschnitt beeinflußt zu haben, denn seit Tagen war es ruhig und friedlich.

Als Batteriechef konnte ich mir so die Zeit nehmen, mich im Kübelwagen in der Feldmark herumfahren zu lassen, um mit meinem Feldstecher Ausschau nach jagdbarem Wild zu halten. In der fernen Heimat ging in diesen Tagen die Bockjagd auf. So etwas steckt einem wahren Jäger in den Knochen und trieb auch mich voller Unruhe hinaus.

Bei einer dieser Erkundungsfahrten traf ich eines Tages zwei Bauern, die mit ihren Pferdegespannen am Wege standen. Sie schienen sich über einen riesigen Krähenschwarm zu ärgern, der sich auf einem frisch bestellten Acker niedergelassen hatte. Ich befahl Köhler, meinen Fahrer, zu halten. Sofort erhoben sich krächzend die Rabenvögel, um sich aber nach wenigen Flügelschlägen wieder niederzulassen.

Aufgebracht redeten die beiden Bauern in mir nicht geläufigem Russisch auf uns ein. Sie deuteten dabei ständig auf die Krähen. Ich bat Köhler, der einige Brocken russisch verstand, um Aufklärung.

„Die Krähen fressen ihre Saat. Es seien noch nie so viele gewesen wie in diesem Frühjahr. Das läge wohl am Krieg und ihnen fehlen die Gewehre, um sie zu vertreiben.“

Ein wenig schuldbewußt – denn wir hatten ihnen ja schließlich ihre Jagdwaffen abgenommen – überlegte ich: „Sagen Sie ihnen, daß ich versuchen werde, ihnen zu helfen.“

Nach der Übersetzung schauten mich die beiden Männer ungläubig an, verabschiedeten sich dann aber dankend.

Am selben Abend fuhr ich mit Köhler wieder hinaus, und es dauerte gar nicht lange, da hatte ich gefunden, was ich suchte: das Kiefernwäldchen, in dem die Krähen zum Übernachten aufbaumten.

Der folgende Tag neigte sich schon dem Abend zu, als ich 50 Landser mit Karabinern aufsitzen ließ. Auf Umwegen gelangten wir zu besagtem Feldgehölz. An jeder Kiefer postierte ich einen Mann, um sich dort so gut wie möglich zu tarnen und ruhig zu verhalten.

Mit der Dunkelheit kamen die Krähen. Eine nach der anderen fiel in den Baumwipfeln ein. Ich hatte den Befehl gegeben, sich je eine Krähe ins Visier zu nehmen und meinen ersten Schuß abzuwarten. Als ich glaubte, daß der Hauptteil des Krähenschwarms eingefallen sei, zielte ich auf ein besonders kapitales Stück und drückte ab.

Eine Kanonade folgte. So mancher eifrige Landser ließ noch einen zweiten oder sogar dritten Schuß folgen. Wenige Minuten später konnte das Unternehmen erfolgreich abgeschlossen werden. Es wurden 34 erlegte Krähen gezählt, sämtlich mit einer Kugel gestreckt. Und was noch wichtiger war: der Krähenschwarm verzog sich aus der Gegend. Der Dank der Bauern war überschwenglich und herzlich.

Nur – als ich an jenem Abend mit meinen Landsern ins Quartier zurückkehrte, kam aufgeregt Oberleutnant Stratmann auf mich zugerannt. Der Divisionskommandeur sei am Feldtelefon. Es sei von größter Wichtigkeit.

Schmunzelnd vernahm ich am anderen Ende der Leitung die besorgte Frage, ob in meinem Frontabschnitt ein Überraschungsangriff der Russen erfolgt sei. Man habe ihm einen heftigen Feuerwechsel gemeldet.

Mit wenigen Worten konnte ich meinen Vorgesetzten beruhigen und mußte aber versprechen, in Zukunft derartige „Übungen“ anzumelden.

Der Pfarrer von Gillerbeck

Die Predigt an jenem Sonntag im Juni fiel recht kurz aus. Pastor Riedesel hatte es eilig. Die Hände gefaltet und mit dem Rücken zur Gemeinde gewandt wippte er ungeduldig von einem Bein aufs andere. Flehentlich schaute er zu dem weißgestrichenen Holzkreuz hinauf und wartete. – Da, endlich ertönte die Orgel, der Gottesdienst war beendet. Daß der neue Organist seine Kunstpausen auch immer derartig ausdehnen mußte . . .

Im düsteren Licht der Sakristei verstaute der Geistliche wenig später die Abendmahl-Utensilien im Wandschrank. Darauf trat er an das schmale Fenster, wo ein prächtiges Spinnengewebe ihm die Sicht versperrte. Er seufzte leise, und Sorgenfalten erschienen auf seiner hohen Stirn.

„Ob es schon zu spät ist?", fragte er sich im stillen. Er war sicher, während der dritten Strophe von „Jesu, geh voran . . ." Erwin Schröters Traktor an der Kirche vorbeifahren gesehen zu haben. Diesen grünen Hanomag mit hochstehendem Mähwerk gab es kein zweites Mal im Dorf. Und sollte er tatsächlich hinauf zur Specken-Wiese gefahren sein? – Der Herrgott bewahre!

„Wo bleibt denn nur der August?" murmelte der Pfarrer. Er wollte gerade die Tür zum Kirchenschiff öffnen, als der Gesuchte eintrat. Rasch nahm er dem Küster den Klingelbeutel aus der Hand und schüttete den Inhalt in eine Holzschale. Mit einem „Ich mache das schon!" verabschiedete er den alten Mann, der sich über die Absonderlichkeiten des Pfarrers schon lange nicht mehr zu wundern schien.

Wieder allein in der Sakristei, wurde der Geistliche recht geschäftig. Ungezählt schloß er die Kollekte in eine Schublade und zog sich den Talar aus. Darauf fingerte er umständlich eine Taschenuhr aus der Westentasche, um festzustellen: „Für einen kurzen Blick reicht es noch . . . Ich muß Gewißheit haben!“

Erneut wandte er sich zum Wandschrank, aus dem er eine längliche Holzschachtel hervorholte. Im nächsten Augenblick öffnete er die Tür zum Kirchturm und war auch schon hinter ihr verschwunden.

Dunkelheit, Kühle und ein modriger Geruch schlugen ihm entgegen. Ohne den Lichtschalter zu betätigen, verharrte Pastor Riedesel einige Sekunden am Turmuhrschacht, bis sich seine Augen an das Zwielicht gewöhnt hatten. Dann aber eilte er mit wehendem Haar und behenden Schritten, die man der rundlichen Figur gar nicht zugetraut hatte, die steile Holztreppe hinauf.

Mit gleichbleibender Geschwindigkeit passierte er die gußeisernen Gewichte der Kirchturmuhr, die sich mit jeder Sekunde knarrend ein kleines Stückchen dem Turmboden näherten. Erst als der Pfarrer den Eulenkasten erreichte, der in diesem Jahr endlich mal wieder von einem Steinkauzpaar beflogen war, wurde sein Atem schneller und sein Aufstieg langsamer. Er lehnte sich an das kalte Gemäuer und machte eine Verschnaufpause.

Wieder schoß ihm Erwin Schröter durch den Kopf. Sicher, die Landwirte mußten dieses prächtige Mähwetter nutzen, auch wenn sie dabei die Ruhe des heiligen Sonntags verletzten. Das lag im Toleranzbereich eines jeden Landpfarrers. Doch konnte es nicht ausnahmsweise ein anderer Sonntag und eine andere Wiese sein . . .

Nach einem erneuten Kraftakt waren schließlich die gut zweihundert Stufen erklommen und die beiden Glocken im Gebälk der Kirchturmspitze erreicht. Die blinkten und blitzten im Sonnenlicht, das in dünnen Strahlen durch die undichten Ziegel drang. Erst im vergangenen Herbst, zum Erntedankfest, waren die vom Grafen gespendeten Glocken installiert worden.

Der Pastor mußte zunächst einmal Luft holen. Er ließ sich den frischen Wind, der ungehindert durch die Aussichtsluken blies, in das gerötete Gesicht wehen. Dabei schweifte sein Blick über das Dorf unter sich.

Was für ein Blick! Zwischen roten Ziegeldächern ragten die mächtigen Kronen der Dorfeichen hervor, deren Grün noch frisch und zart war. Das Grün der dahinter liegenden Felder und Wiesen dagegen prahlte kunstdüngergestärkt in satten Tönen. Es zog sich in sanften Linien den Hang hinauf, bis dort, wo der Wald begann und die Farbe der Landschaft das dunkle Grün der Fichennadeln annahm.

Pfarrer Riedesel zuckte zusammen. Ein Geräusch im Uhrwerk der Kirchturmuhr kündigte das Schlagen der Glocke in einer Minute an. Dann war es 11 Uhr. Das erinnerte ihn schlagartig an den Zweck seines Kommens und daran, daß nicht mehr viel Zeit blieb.

Eilig öffnete er die mitgebrachte Holzschachtel, die ein abgenutztes Lederetui enthielt. Aus diesem kam ein recht betagtes, aber gut erhaltenes Spektiv zum Vorschein, das der Vikar Riedesel vor vielen Jahren von seinem Onkel Georg zur bestandenen Examensprüfung geschenkt bekommen hatte.

Nachdem der Pastor Stativ und Glas zusammengeschraubt hatte, setzte er die beiden Standbeine auf einen Querbalken und beugte den Kopf vor. In seinem Blickwinkel lag der Friedhof, der im Osten eine gute Schrotschußentfernung außerhalb der Ortschaft lag. Doch des Pfarrers Blick schweifte hinweg über die Wipfel der Trauerweiden, Lebensbäume und Eiben, hin zu Erwin Schröters Wiese, die vom Friedhof hangaufwärts bis zum gräflichen Forst reichte.

Einen Moment hielt der heimliche Beobachter den Atem an – und starrte angestrengt durch das Glas.

Die schlafende Fledermaus, die kopfüber von einem Balken herunterhing, wurde von einem freudigen Jauchzer unsanft geweckt. „Also doch noch nicht zu spät!“ frohlockte der Geistliche, während er das Spektiv wieder in Etui und Schachtel verschwinden ließ. Als er überglücklich die Treppenstufen hinuntereilte, schlug über ihm laut dröhnend die Glocke zur elften Stunde. –

Zehn Minuten später verließ ein altertümliches, blaßgrünes Moped mit angehängtem Einachswagen rasant die kiesbestreute Ausfahrt des Pfarrhofes. Der Fahrer hatte sich just umgezogen und trug nun leichte Wanderstiefel, Cordhose und ein grünes Flanellhemd. Im Anhänger klapperte eine Sichel zum Grünzeugschneiden.

Unsicher schweiften Pastor Riedesels Augen über die Hauptstraße, doch zum Glück war niemand zu sehen. Nach knapp 100 Metern bog er mit seinem Gefährt rechts in den Speckenweg ein, der unmittelbar in die Feldmark führte. Zu seinem Pech begegnete ihm hier Gertrud Heuer, die die ungewöhnlichen sonntäglichen Aktivitäten ihres Pfarrers mit erstauntem Blick registrierte. Ausgerechnet sie galt als größte Klatschbase im Ort.

Mit Vollgas raste unser Mann am neuen Spritzenhaus vorbei bis hin zum Wendebach, wo die Felder und Wiesen begannen. Hier hielt er das erste Mal und schnitt einige Handvoll Kaninchenfutter am Wegesrand. Schon bald zog er weiter, obwohl noch genügend Löwenzahn, Weißklee und Wegerich in der Nähe standen. Einem aufmerksamen Beobachter mußte auffallen, daß der nahe Friedhof eine starke Anziehungskraft auf den Geistlichen ausübte. So näherte sich das Mopedgespann mehr und mehr der Totenstätte.

Als er schließlich nach etlichen kleinen Umwegen an der Friedhofspforte ankam, war der Anhänger doch bis zum Rand gefüllt mit köstlichem Grünfutter. Pfarrer Riedesel wischte sich den Schweiß von der Stirn und schaute in die Runde. Kein Windhauch regte sich. Über dem riesigen Weizenschlag flimmerte die Luft vor Hitze, ansonsten regte sich nichts.

In diesem Augenblick schlug drunten im Dorf die Kirchturmuhr zwölfmal. Der Pastor schickte sich gerade an, sein Gefährt durch die Holzpforte zu lenken, als er den Weg versperrt sah. Eine Frau war plötzlich hinter der Hecke aufgetaucht und stand ihm mit ihrem Fahrrad gegenüber.

„Ach, Frau Schröter, da habe ich mich aber erschrocken!“ schnaufte er. „Ich hatte um diese Mittagsstund’ hier niemanden vermutet." Und schon hätte er sich wegen dieser dummen Äußerung am liebsten in den Allerwertesten getreten.

„Guten Tag, Herr Pfarrer!" flötete die zierliche Person. Sie hob höflich ihr Fahrrad zur Seite, wobei ihr die Gießkanne vom Gepäckträger rutschte. „Ich habe nur noch rasch den Geranien etwas Wasser gegeben. Sie wissen ja, wie schnell der Boden hier oben austrocknet. Und nach Regen sieht es heute beim besten Willen nicht aus. Oder glauben Sie etwa . . ."

„Nein, nein! Ganz bestimmt nicht!" unterbrach er den Redefluß der Frau. „Sie haben schon das Richtige getan. Man kann mit Pflanzen nie vorsichtig genug sein." Bei diesen Worten schob er sein Moped durch die Pforte und sah das Gespräch als beendet an.

„Frohes Schaffen!" antwortete Frau Schröter trocken, und warf einen skeptischen Blick auf den Anhänger. Sie schien nun beleidigt. Ohne ein weiteres Wort stieg sie auf ihr Fahrrad und radelte davon. Ärgerlich pfiff der Pastor durch die Zähne und setzte rasch seinen Weg fort.

An der Friedhofskapelle angekommen, parkte er sein Gespann unter zwei jungen Fichten, um es vor weiteren neugierigen Blicken zu schützen. Hier begann eine dichte Schonung aus Tannen, Lärchen und Fichten, die sich von der Kapelle bis zum Friedhofsende erstreckte. Sie galt als Reservefläche für spätere Grabplätze.

Pfarrer Riedesel schob einen tiefhängenden Ast beiseite und begab sich an die Rückfront der Kapelle. Dort befand sich ein verrotteter Holzhaufen, den schon lange keine Menschenhand mehr berührt zu haben schien. Mit einem Handgriff hob der Pastor den obersten Balken an, um darunter ein sorgfältig verschnürtes Paket hervorzuziehen. Das „Verpackungsmaterial" war ein alter Autoschlauch. Er war einmal quer aufgeschnitten und ließ so an beiden Enden eine Öffnung frei. Aus einer dieser Öffnungen brachte der Pfarrer nun vorsichtig einen Gewehrlauf, Vorderschaft, Schaft und Zielfernrohr hervor. Nach wenigen, aber gekonnten Handgriffen hielt er

Sekunden später eine Hahn-Büchsflinte in den Händen, die so manchem Jagdwaffensammler den Atem verschlagen hätte.

Nach einem Kontrollblick durch den Kipplauf lud der Pfarrer mit einer Patrone, die ebenfalls in dem Schlauch verborgen war. Der Schrotlauf blieb ungeladen. Eilig, denn es war höchste Zeit, verstaute er den leeren Schlauch wieder in seinem Versteck und legte den maroden Balken darüber.

Der heimlich präparierte Pirschweg durch die Schonung war feinsäuberlich gefegt. Kein Zweig, kein Steinchen und keine Wurzel störten die Schritte des geheimnisvollen Schleichers. So erreichte er geräuschlos das Ende des Friedhofs, als plötzlich eine Singdrossel von ihrem Nest aufflog und lauthals zu schimpfen begann.

An der Hecke angelangt, die das gesamte Friedhofsgelände samt Schonung umgab, holte er tief Atem. Langsam und vorsichtig hob er seine Hände und teilte die frisch ausgeschlagenen Schlehenzweige vor sich. „August muß dringend die Hecke schneiden", dachte er bei sich, bevor sein Blick über Erwin Schröters herrlich grüne Wiese schweifte. „Er wird mich doch wohl nicht im Stich lassen?!"

Die einzigen Lebewesen, die er entdecken konnte, waren zwei Zitronenfalter, die sich ausgelassen in der Mittagssonne jagten. Das Weidegras war von üppigem und dichtem Wuchs. Es stand kurz vor der Blüte. Hätte nicht der Friedhof auf einer kleinen Anhöhe und die Wiese in einer Mulde gelegen, wäre dem Pastor vor lauter Gras die Sicht versperrt gewesen. So aber bot sich ihm die Weide wie ein gedeckter Tisch dar, auf dem nur noch der Braten fehlte.

Die Taschenuhr zeigte zwanzig nach zwölf. Die Stunde der Mittagsäsung war angebrochen. Wenn es jetzt nicht zu einer außergewöhnlichen Störung kommen würde, müßte er jeden Moment auftauchen. Pfarrer Riedesel hatte mit seinem Jagdmesser drei Schößlinge aus der Hecke geschnitten, um ein besseres Gesichtsfeld zu haben. Nun stand er regungslos, die Waffe mit dem Kolben im Gras rechts neben sich. Lediglich sein Blick wanderte zwischen dem blühenden Raps und der Wintergerste hin und her, die die Wiese rechts und links umschlossen. Weiter oberhalb im angrenzenden Grafenwald krächzte ein Eichelhäher.

Nach einer halben Stunde schon wurde unser ansonsten bequemere Erd- und Baumsitze gewohnte Pastor langsam ungeduldig. Er trat von einem Bein aufs andere und schimpfte innerlich: „Warum mußte auch diese neue Lehrerin heute in aller Herrgottsfrühe ausgerechnet hier vorbeijoggen. Ich hatte ihn doch schon im Glas! Heiliger Strohsack . . ."

Plötzlich war er da! Pechschwarz, wie aus dem Boden geschossen – und keine 80 Schritt vom Friedhof entfernt mitten auf der Wiese.

Seelenruhig und würdevoll schritt er durch das hohe Gras, zupfte hier an einem Wiesenschwingel, dort an einem Knöterich. Sein mächtiges Gehörn ragte dabei seltsam eckig wie eine Fernsehantenne in den Mittagshimmel.

„Der Kreuzbock!" entfuhr es dem Pfarrer leise. Im selben Augenblick hatte er auch schon die Waffe aufgenommen und geräuschlos den einen Hahn gespannt. Dieses Mal sollte er ihm nicht entgehen. Der Gewehrlauf ragte nur wenige Zentimter über die Hecke hinaus, als der Schuß die sonntägliche Friedhofsstille zerriß.

Der schwarze Fleck in der Wiese war verschwunden. Routiniert wie ein Forstmeister markierte der Schütze die Schußrichtung an zwei Schlehenzweigen und prägte sich einen Distelbusch auf der Weide ein. Zufrieden nickend warf er einen letzten Blick in die Runde, und lautlos, wie er gekommen war, tauchte er in der Schonung unter.

Nur wenige Minuten später saß Pastor Riedesel pfeiferauchend auf der Holzbank unter dem Fliederbusch unweit der Friedhofskapelle. Seine Büchsflinte lag gut verpackt in ihrem Versteck unter dem Holz. Eine Lerche stieg aus den Stiefmütterchen vom Grab Heinrich Kohnes auf und schmetterte ihr Sonntagslied. Über ihr, in himmlischer Höhe, kreisten zwei Bussarde.

Während unser Pfarrer gelungene Rauchkringel in die Luft blies, zog er in Gedanken einen Schlußstrich; „So, Herr Graf! Das soll mir genügen!"

Nach dem Zwischenfall mit dem Überläufer im vergangenen Winter, als er um Haaresbreite vom Grafenförster erwischt worden wäre, hatte er beim Heiligen Hubertus geschworen, in diesem Jahr Schluß zu machen. Der Kreuzbock sollte den krönenden Abschluß bilden. Den Abschluß einer jahrelangen Vergeltung dafür, daß der Graf sich damals gegen einen jagenden Geistlichen im Ort ausgesprochen hatte. Als einflußreicher Sprecher des Kirchenvorstandes hatte dieser vor genau 20 Jahren mit aller Macht durchgesetzt, daß der junge Landpfarrer ohne Jagdschein und Jagdgelegenheit blieb. Ein Pastor mit einer Waffe in der Hand passe nicht in das christliche Weltbild der Gemeinde, hatte er argumentiert und damit leicht die anderen Kirchenvorstandsmitglieder überzeugt. Diesem Urteil mußte sich schließlich Pfarrer Riedesel beugen. Da half ihm auch nicht der Hinweis auf den jagdlich passionierten Landessuperintendenten, der alljährlich zu den gräflichen Hasenjagden eingeladen wurde. Die Ungerechtigkeit, die ihm hier widerfuhr, entfachte ihn ihm ein Feuer, das er nur mit Hilfe der von Onkel Georg geerbten Jagdwaffe im wildreichen Revier des Grafen zu löschen vermochte.

Ein Motorengeräusch unterbrach seine Gedanken. Ohne sich aus der Ruhe bringen zu lassen, wandte der Pastor langsam den Kopf in Richtung Dorf, von wo mit hoher Geschwindigkeit ein Auto gefahren kam. Schon sah er über den Kamm der Weißdornhecke hinweg das ihm wohlbekannte, olivgrüne Dach des Grafenjeeps vorbeirasen. Am Ende des Friedhofs stoppte das Fahrzeug, der Motor wurde ausgeschaltet, zwei Türen klappten.

Obwohl sonst ein vorsichtiger und umsichtiger Mann, konnte in diesem Moment der Pfarrer seine Neugier nicht zügeln. An der Schuhsohle klopfte er seine halbgerauchte Pfeife aus und steckte sie heiß, wie sie war, in seine Hosentasche. Scheinbar seelenruhig erhob er sich von der Bank, um langsam an der Schonung entlangzuschlendern. An der Hecke angelangt, betrat er, nachdem er sich noch einmal prüfend umgeschaut hatte, den schmalen Pfad, den der Küster August immer zum Heckenschneiden benützte. Schon nach wenigen Schritten vernahm er Stimmen vor sich. In gebückter Haltung schlich er bis zum Friedhofseck, wo er sich am Stamm einer tiefbetrauften Lärche niederließ.

„. . . nichts, aber auch gar nichts zu sehen!“ hörte der Lauscher eine Männerstimme auf dem Weg hinter der Hecke sagen. Es handelte sich unverkennbar um das rauhe Organ Erwin Schröters. „Ja, leider!“ antwortete die markant klingende Stimme des Grafen. „Aber das ist es ja gerade, was mich stutzig macht. Um diese Jahres- und Tageszeit müßte hier eigentlich Rehwild auf deiner Wiese stehen – und insbesondere mein Bock. Ich hoffe nur, daß nicht ihm der Schuß galt . . .“

„Aber nein! – Ich behaupte immer noch, daß der Knall aus dem Dorf kam. Dort drunten bei dir im Schnapskeller hört man sowieso schlecht.“

„Hättest du den Schnapskeller gemieden und wie geplant die Wiese gemäht, dann hätten wir jetzt wenigstens freie Sicht!“ erwiderte der Graf ungehalten.

„Nun ja!“ meinte der Landwirt kleinlaut. „Für heute ist es wohl zu spät, dort drüben braut sich was zusammen.“

Pfarrer Riedesel hob interessiert den Kopf und spähte über die Hecke. – Tatsächlich! Im Osten – über dem Wald – hatte sich eine dunkle Wolkenwand am Horizont aufgebaut. Leises, aber bedrohliches Grollen drang an seine Ohren. Er schluckte und schaute andächtig gen Himmel, um dem Allmächtigen ob der großzügigen Hilfestellung zu danken. Das würde die Bergung des Rehbocks erheblich erleichtern.

„Mir ist gar nicht wohl, wenn ich an den schwarzen Sechser denke“, fuhr der Graf sorgenvoll fort. „Unser Willi hat ihn in den letzten Tagen stets um diese Zeit hier äsen gesehen, wenn er mit dem Schlepper heim zum Mittagessen fuhr.“

„Ja, das stimmt! Ich auch!“ Erwin Schröter wurde ganz eifrig. „Er ist noch stärker als letztes Jahr und anscheinend abnorm. Sein Gehörn sieht aus wie ein Kreuz – ob das vielleicht mit dem Friedhof zu tun hat? Wir sollten mal den Riedesel fragen.“ Der Lauscher hinter der Hecke horchte auf und mußte sich das Lachen verkneifen. Er hörte den Bauern kichern, aber der Graf schien nicht zum Spaßen aufgelegt.

„Wenn es das erste Mal wäre", antwortete er ernst, „aber seit Jahren diese dubiosen Schüsse im Revier und anschließend das plötzliche Verschwinden irgendwelcher bekannter Stücke. Wenn dieses Mal der schwarze Sechser auch nicht wieder auftauchen sollte, dann, Erwin", seine Stimme schwoll bedrohlich an, „– dann gebe ich nicht eher Ruhe, bis ich hinter die Schweinerei gekommen bin!" Zwei Autotüren fielen heftig ins Schloß. Der Wagen wurde angelassen und wendete bedenklich nahe an der Hecke, um dann ins Dorf zurückzurasen.

Von Auspuffgasen umnebelt, machte sich unser Pastor auf den Rückweg zur Kapelle. Der Friedhof lag ruhig und verlassen. Das sich ankündigende Unwetter ließ die Sonntagsspaziergänger in der Nähe ihrer schützenden Häuser verweilen. Entferntes Rufen und Gegröle drang vom Sportplatz herauf.

Abermals schlich sich Pfarrer Riedesel in die Schonung hinter der Kapelle. Abermals wurde die Singdrossel von ihrem Nest aufgescheucht, doch dieses Mal kümmerte es den Störenfried kaum. Er gelangte zur Hecke, wo er sich genauestens den ehemaligen Standpunkt des Bockes einzuprägen versuchte, bevor er durch eine Lücke in die Wiese kroch.

Ein lauter Donner erfüllte die Luft. Bereits die Hälfte des Firmaments hatte eine blau-schwarze Färbung angenommen. Bald würde auch die Sonne hinter dieser Wand verschwunden sein. Der Pastor mußte sich sputen. Auf allen Vieren bahnte er sich einen Weg durch das hohe Gras. Nur die wippenden Halme der Gräser verrieten den emsigen Sucher. Mit dem Gespür eines Jagdhundes sah er schon bald etwas Dunkles im Grün schimmern. Es war der Bock! Gestreckt mit einem sauberen Blattschuß hatte er wahrscheinlich den Knall des Schusses nicht mehr vernommen.

Welch ein Anblick! Den Äser würdevoll auf einen Maulwurfshügel gebettet, ragte das kapitale Gehörn in seiner ganzen Pracht gen Himmel. Mit Ehrfurcht betastete der stolze Jäger die zwei parallel zueinander stehenden Stangen, deren Enden ein makelloses Kreuzpaar bildeten. Sie waren dick und rund wie ein Spatenstiel, reich geperlt und an den Enden spitz zulaufend. Die bereits zum Dach heruntergezogenen Rosen kennzeichneten ebenso wie das graue Gesicht den alten Bock. Seine weit geöffneten Lichter schimmerten wie das tiefste Moor.

Ein Blitz durchzuckte den düsteren Himmel und schlug ganz in der Nähe ein. Fast gleichzeitig prasselte heftiger Regen los. Der Geistliche schreckte hoch und griff kurzentschlossen nach den Hinterläufen. Er wählte den gleichen Weg, den er gekommen war. Für Minuten markierte eine dünne Schweißspur im niedergedrückten Gras das heimliche Geschehen. Doch dann wusch der Regen das Rot weg und die Gräser erhoben sich mit frischer Kraft.

Eine halbe Stunde später: Die letzten Regentropfen schlugend klatschend auf die Dachpfannen der Friedhofskapelle. Schon brachen erneut die Sonnenstrahlen durch die dahineilenden Wolkenreste, während das Donnergrollen leiser und leiser wurde.

Pfarrer Riedesel schob sein Mopedgespann aus den tropfnassen Fichten und blinzelte in die glitzernde Friedhofswelt. Die Lärche stieg zu neuen Arien auf, zwischen den Gräbern suchte schnatternd ein Elsternpaar nach Vogelnestern. Sie ließen sich auch durch das Zweirad nicht stören, das an ihnen vorbei zum Seitentor knatterte. Dessen Anhänger schien nun schwerer und der Grünfutterberg höher, als es auf dem Feldweg von Pfütze zu Pfütze den Hang hinabholperte.

An Otto Bernstorfs Mistkuhlenmauer hätte es fast einen Zusammenstoß mit dessen undiszipliniertem Schäferhund gegeben. Es war nur der geschickten Fahrweise des Pastors zu verdanken, daß weder Mensch noch Tier, noch kostbares Frachtgut zu Schaden kamen. Mit gesenktem Haupt fuhr er weiter, ohne rechts und links zu den umliegenden Häusern aufzuschauen. Er wollte so etwaigen peinlichen Begrüßungen ausweichen, denn ungewöhnlich war es schon, daß der Pfarrer am Sonntag zur Kaffee- und Kuchenzeit mit einem Anhänger voller Kaninchenfutter durch sein Dorf fuhr.

Endlich erreichte er den Pfarrhof und bog schweißgebadet in den Kiesweg ein.

Doch was war das!? Unserem wackeren Geistlichen rutschte das Herz in die Hose. – Im Schatten des Birnbaums neben der Haustür parkte ein olivgrüner Jeep, während im Garten zwischen den Rosenbeeten zwei Herren mit Sauerteigmienen standen: der Graf und Erwin Schröter!

Um Zeit zu gewinnen und um sich von dem Schreck zu erholen, beschrieb der Pfarrer mit seinem Moped einen eleganten Bogen auf dem Hof und brachte das Gefährt erst neben dem Kaninchenstall zum Stehen. Hier schaltete er den Motor ab, bevor er den Ständer herunterklappte und behäbig abstieg.

„Welch überraschender Besuch!" rief er laut, während er auf die beiden Männer zuging.

„Guten Tag, Herr Pastor!" ergriff der Graf das Wort. „Entschuldigen Sie die sonntägliche Störung, aber wir kommen in einer dringenden Angelegenheit."

„Ist schon recht. Darf ich Sie ins Haus bitten?!" Aber zum Schrecken des Pfarrers wandte der Graf seine Schritte in Richtung des Mopedgespanns.

„Nein danke, das ist nicht nötig. Es dauert nur wenige Minuten." Am Anhänger angelangt, nahm der ungebetene Gast ein Büschel Löwenzahn in die Hand und hielt es empor. „Wie ich sehe, waren Sie heute auf Futtersuche. Vielleicht waren Sie auch am Friedhof?"

„Die Schrötersche!" durchfuhr es den Geistlichen. „Hätte ich mir ja auch gleich denken können!"

„Das ist richtig", antwortete er laut. Geduldig wartete er auf die nächste Frage und schickte noch schnell ein Stoßgebet zum Himmel.

„Und Sie waren bis eben dort oben?"

„Ja, genau! Ich hatte noch in der Kapelle zu tun. Als mich das Gewitter überraschte, blieb ich dort, bis der Regen vorüber war. – Aber was soll denn die Fragerei? Ist etwas passiert?"

Erwin Schröter hob gerade zum Sprechen an, aber der Graf kam ihm zuvor: „Ich bitte um Verzeihung, aber es handelt sich hierbei um eine höchst delikate Geschichte, an deren Aufklärung mir sehr viel gelegen ist. – Ist Ihnen auf dem Friedhof in der Zeit vor dem Gewitter nichts Ungewöhnliches aufgefallen?"

„Ungewöhnliches? – Was meinen Sie damit?"

„Haben Sie nicht so etwas wie einen Knall oder Schuß vernommen?"

Erschrocken weiteten sich Pfarrer Riedesels Augen. „Einen Schuß!? – Nein! Nein, ganz bestimmt nicht. Was – um Gottes willen – ist denn passiert?"

„Das hätten wir ja auch gern gewußt", kam nun endlich auch Erwin Schröter zum Zuge. Wichtigtuerisch fuhr er fort: „Irgendetwas stimmt da nicht im Revier des Grafen."

„Etwa Wilddiebe?" fragte der Pastor keck. „Doch nicht am heiligen Sonntag! Das wäre zu dreist!"

„Heutzutage sind die Burschen zu allem fähig", sagte der Graf verbittert. „Wenn Sie aber am Friedhof gar keinen Schuß vernommen haben, dann habe ich mich wohl doch geirrt. – Tut mir leid, daß wir Sie belästigt haben. Bleibt es bei dem Essen des Kirchenvorstands am nächsten Samstag?"

„Aber sicher doch!" antwortete unser Pfarrer, auf einer Wolke der Erleichterung schwebend. „Es wird einen herrlichen Braten geben." Bei diesen Worten deutete er auf den vollbesetzten Kaninchenstall.

„Oh ja, Sie haben da einen prächtigen Karnickelbock, den Sie uns sicher nicht vorenthalten wollen."

„Karnickelbock . . .?" flüsterte der Pastor – und schon war die spitzbübische Idee geboren. –

Am darauffolgenden Samstag war es auch am Abend noch so mild, daß der geladene Kirchenvorstand auf der efeuumrankten Veranda des Pfarrhauses zum Essen Platz nehmen konnte. Man nippte gut gelaunt an den Aperitifs und plauderte angeregt, als die Haushälterin Martha, die heute von ihrer Nichte aus dem Nachbardorf unterstützt wurde, die dampfenden Schüsseln auftischte. Zu guter Letzt plazierte sie mit ihrem mächtigen Armen eine Bratenplatte in der Mitte der Tafel, deren gewölbte und blank polierte Haube die neugierigen Gesichter der Gäste widerspiegelte.

Nach etlichen „Ahhs“ und „Ohhs“ ließ der Graf lachend verlauten: „Na –, da mußte der gute Bock wohl doch dran glauben . . .?!“

Pfarrer Riedesel erhob sich von seinem Stuhl und sprach feierlich, während seine Kaninchenaugen funkelten. „Sie haben ganz recht, Herr Graf! Ein Bock ist es schon. Nur muß man richtigerweise an Stelle von ‚Karnickel‘ das Wort ‚Reh‘ davorsetzen. Ich hoffe, es gereicht nicht zu Ihrem Schaden, daß ich kurzfristig umdisponieren mußte.“

Bei den letzten Worten hatte er die Bratenhaube gelüftet, und die überraschte Gesellschaft sah vor sich einen köstlich mit Lorbeerblättern und Räucherspeckscheiben belegten, von Petersiliensträußchen und Pfifferlingen eingerahmten, betörende Düfte verbreitenden, brutzlig braunen Rehrücken.

Schnappschuß

Es war in den ersten heißen Sommertagen des vergangenen Jahres, als mich mein alter Schulkamerad und Jugendfreund Fritz Harmstorf in der Praxis anrief, um mich um einen Gefallen zu bitten.

Als Lokalreporter der Landkreiszeitung litt er in unserem ruhigen, ereignisarmen Städtchen unter chronischem Stoffmangel für seine Artikel. Um nun sein Zeilensoll in den besonders schwierigen Sommer- und Ferienmonaten erfüllen zu können, wandte er sich in seiner Verzweiflung an mich. Über die freie Wildbahn ließe sich doch immer etwas schreiben und vielleicht sogar das eine oder andere Foto schießen.

Schweren Herzens willigte ich ein. Wir trafen uns am nächsten Abend in der „Weidmannslust". Ich schlug das Thema Tollwut vor und hatte gleich allerlei Unterlagen mitgebracht. Fritz Harmstorf war sofort einverstanden. Aus meinen Darlegungen verfaßte er routiniert in weniger als einer Stunde einen umfassenden Bericht über die Gefahr und Bekämpfung der Tollwut.

Nachdem er Stift und Block zur Seite gelegt hatte und wir auf das gelungene Werk anstießen, fragte er mich mit gewecktem Natur- und Jagdinteresse, ob ich ihn nicht einmal auf den Fuchs führen könne. Ein aktuelles Foto würde doch hervorragend zu dem Bericht passen. Er hasse es, ständig die entsprechenden Tieraufnahmen im Archiv bestellen zu müssen.

Es mag wohl an den etlichen Bieren gelegen haben – ich ließ mich wieder breitschlagen. Im übrigen rechnete ich mir bei den zahlreichen Jungfüchsen, die momentan ihre ersten Streifzüge durchs Revier unternahmen, eine gute Chance aus, ohne großen Aufwand einen von ihnen vor die Kamera des Freundes zu bekommen. Wir verabredeten uns zum kommenden Wochenende.

Doch es sollte anders kommen, als wir beide gedacht hatten.

Am folgenden Freitag suchte mich in aller Herrgottsfrühe der Landwirt Heinrich Plumhoff auf, um mir aufgeregt zu berichten, daß sich zwischen seinen Kühen auf der Weide ein Fuchs herumtreibe. Er benahm sich so sonderbar, zeige weder Scheu vor Mensch und Vieh noch vor ratternder Melkmaschine. Er sei bestimmt noch immer auf der Wiese anzutreffen. Ich tippte sofort auf Tollwut.

Wenig später saß ich schon, mit Drilling und Plastiksack bewaffnet, im Auto von Heinrich Plumhoff, als mir Fritz Harmstorf einfiel. Die Gelegenheit für ein Fuchsfoto war günstig. Zum Glück war er daheim, und so luden wir ihn rasch samt Kamera ein.

Als wir oberhalb des Wiesengrundes an der Stein-Eiche ankamen, grasten friedlich die Kühe in der Morgensonne. Von einem Fuchs war auch durch mein Fernglas weit und breit nichts zu sehen.

Kopfschüttelnd kratzte sich Bauer Plumhoff das lichte Haupt. Doch wir wollten uns die Sache genauer anschauen. So stapften wir durch das nasse Gras zu den Rindviechern, die uns muhend willkommen hießen.

Plötzlich kam – keine zehn Schritte von mir entfernt – aus dem Schatten der beiden Brunnenringe, die verloren im Morast der Wiesenmitte steckten, etwas Rotes auf mich zugeschossen. Unwillkürlich trat ich einen Schritt zurück und riß das Gewehr von der Schulter. Der Fuchs hatte schon meinen Schuh im Fang, als ich ihm den Drilling in den Nacken setzte und abdrückte. Die Schrotgarbe ließ den unerschrockenen Angreifer vor mir zusammensinken und augenblicklich verenden.

„Welch ein Schnappschuß!“ frohlockte Fritz Harmstorf und setzte freudestrahlend seine Kamera ab. „So etwas bekommt man nicht alle Tage vor die Linse. – Weidmannsheil muß man da wohl wünschen.“

So sehr der Schnappschuß auch gelungen sein mochte – das Foto erschien später in der Landkreiszeitung sowie in einer Jagdzeitschrift – hatte doch für mich der Zwischenfall

schmerzhafte Folgen. Da dem Fuchs Tollwut nachgewiesen wurde und ich einige leichte Kratzer am Knöchel davongetragen hatte, mußte ich mich der überaus unangenehmen Tollwutimpfung „danach“ unterziehen. Zur Schmerzlinderung brachte mir am selben Abend Fritz Harmstorff eine große Flasche Medizin, die wir gemeinsam beim Schein des Kaminfeuers nicht nur meinem Wohlergehen und dem Glücksfoto, sondern auch dem gestreckten Rotrock widmeten.

Tod eines Wilderers

Die Idee, die damaligen Ereignisse einmal niederzuschreiben, kam mir vor gut drei Wochen bei den Feierlichkeiten anläßlich des 40jährigen Dienstjubiläums meines Freundes Henrik Großmann. Genauer gesagt beim Bankett – es gab ein vorzügliches Schwarzwildragout mit Pfifferlingen –, als unter den illustren Gästen die unterschiedlichsten Versionen über den ersten bedeutenden Fall des Jubilars kursierten. Der alsbald in den Ruhestand tretende Kriminalhauptkommissar Henrik Großmann verwies – verschmitzt lächelnd – die neugierigen Frager stets an mich, da ich – bei aller Bescheidenheit – zur Aufklärung jenes dubiosen Vorfalls einen nicht unwesentlichen Beitrag geleistet hatte.

Begeben wir uns zurück in die Zeit nach dem Krieg, als die Begriffe Hunger und Not für viele in Deutschland noch bittere Wirklichkeit waren. Es war Sommer. In jenen heißen Tagen gegen Ende August gab es in dem Unternehmen, in dem ich damals noch tätig war, zum ersten Mal eine Woche Betriebsferien. Ich wollte diese Zeit nutzen, um meinen alten Freund Henrik Großmann in der Heide zu besuchen. Er hatte nach dem Krieg mit bestandenem Notabitur die Polizistenlaufbahn eingeschlagen und war kürzlich in ein verschlafenes Kreisstädtchen versetzt worden. Im Stillen hoffte ich auch, eventuell den einen oder anderen jagdlichen Kontakt knüpfen zu können, denn mir waren die damaligen, sagenhaften Schwarzwildvorkommen in den Heidewäldern zu Ohren gekommen. Und Schwarzwildragout aß ich schon immer gern . . .

Der Samstagabend nach meiner Ankunft verlief recht ruhig und besinnlich. Henriks Frau Charlotte ließ uns schon bald mit unseren Kriegserinnerungen und dem köstlichen Obstler (Birnenschnaps von der Mosel) allein. So kam es, daß wir am Sonntag erst sehr spät zum Frühstück auf der Terrasse erschienen. Eine prächtige Sonne beschien die ländliche Idylle. Ein Sonntag wie aus dem Bilderbuch. Mit meinen noch etwas müden Augen registrierte ich, daß die Nachbarn bereits vom Kirchgang heimkehrten und freundlich grüßten.

Henrik und ich hatten gerade unsere Stühle zurechtgerückt, als das Telefon klingelte. Charlotte verschwand im Wohnzimmer und kam wenig später mit den ehrfürchtig gehauchten Worten „Der Alte“ zurück.

„Das darf doch nicht wahr sein“, zischte Henrik über den Rand seiner Kaffeetasse hinweg. „Kann der einen nicht mal am Sonntag . . .“ Den Rest verschluckte er und begab sich ins Haus.

„Sein Chef, Kommissar Martens“, sagte Charlotte auf meinen fragenden Blick.

„Behelligt er euch oft am Wochenende?“

„Ja, ziemlich häufig! Du mußt wissen, der Kommissar hat bei seinen Kollegen nicht gerade den besten Ruf. Wegen Nichtigkeiten jagt er seine Untergebenen allzugern in der Weltgeschichte herum.“ Und lachend fügte sie hinzu: „Wahrscheinlich ist wieder einmal sein Boxer entführt worden.“

In diesem Augenblick kam Henrik zurück. Er setzte sich wieder ruhig an seinen Platz und trank seine Tasse Kaffee in einem Zug leer. Charlotte und ich schauten ihn neugierig an. Erst als einige Sekunden verstrichen waren und Henrik sich unserer Aufmerksamkeit gewiß war, platzte er los:

„Ein Mann ist erschossen worden. Im Wald bei Negenbostel. Ich muß sofort hin! Das ist mein erster großer Fall!“

„Wie schrecklich!“ entfuhr es Charlotte. „Jetzt geht das hier auf dem Lande auch schon los!“

„Willst du mit?“ fragte mich Henrik. „Wir müssen uns aber beeilen. Die Kollegen von der Spurensicherung sind schon unterwegs.“

„Aber klar“, willigte ich ein, „ich möchte doch mal sehen, ob du ein guter Detektiv bist.“

Wenig später saßen wir in Henriks Volkswagen – jenem legendären „Käfer“ mit getrennter Heckscheibe – und verließen das Kreisstädtchen in Richtung Norden. Nach knapp

30minütiger Fahrt über malerische Landstraßen sahen wir Negenbostel vor uns auftauchen. Ein kleines, in sandige Äcker und Kiefernwälder eingebettetes Heidedorf, bei dessen Anblick mir unwillkürlich die Hermann-Löns-Geschichten in den Sinn kamen.

Holpriges Kopfsteinpflaster führte uns im Schatten mächtiger Hofeichen bis zum Dorfplatz. Hier bildeten eine schmucke Kirche, die gänzlich aus Raseneisenstein gefertigt war, und die einzige Gaststätte im Ort, der „Adler“, den Dorfmittelpunkt.

Eine Menschentraube versperrte uns die Zufahrt zum Dorfplatz. Das gesamte Dorf schien auf den Beinen. Wäre der Anlaß für ihr Kommen nicht ein so trauriger, so hätte man glauben können, hier treffe sich eine Hochzeitsgesellschaft. Die in stattliche Sonntagsanzüge gekleideten Männer standen in kleinen Gruppen und schienen erregt zu diskutieren. Etwas weiter standen die Frauen in ihren luftigen und bunten Sommerkleidern, umgeben von einer lebhaften Kinderschar.

Wir parkten unseren Wagen an der Ligusterhecke, die den Kirchberg umgab, direkt neben einem Polizeiauto. Neugierige und ehrfürchtige, aber auch vereinzelte mißtrauische Blicke empfingen uns. Begriffe wie „Kriminalpolizei“, „Kommissar“ oder „Mordkommission“ machten die Runde. Henrik schien geschmeichelt und schritt selbstbewußt – als wäre er bereits ein alter Hase in seinem Metier – auf den uniformierten Polizisten am Eingang der Gastwirtschaft zu.

„Wachtmeister Gebhard, zu Ihren Diensten!“ salutierte dieser mit zusammengeschlagenen Hacken.

„Guten Morgen, Herr Wachtmeister“, antwortete Henrik freundlich. Wie ich später erfuhr, hatte der alte Haudegen Gebhard im vorherigen Winter einem mysteriösen Viehdiebstahl aufgeklärt und so Henrik eine Menge Arbeit erspart.

„Welch unangenehme Geschichte treibt mich denn dieses Mal zu Ihnen? Und das noch ausgerechnet an einem Sonntag wie diesem. – Wo stecken denn die Herren Kollegen?“

„Im Kühlhaus, Herr Inspektor! Bei der Leiche! Wenn ich vorausgehen dürfte . . .“ Er öffnete die schwere Eingangstür

– ein Prachtexemplar aus massiver Mooreiche – und führte uns in das Haus.

Es kam in jener Gegend nicht selten vor, daß Gastwirtschaft und Metzgerei von ein und derselben Familie geführt wurden. Während der Mann die Schlachterei betrieb, kümmerte sich seine Frau um die Wirtschaft und sorgte so für den direkten und frischen Vertrieb der Fleischprodukte (als Speiselokale sehr zu empfehlen!).

So war es auch beim „Adler“. Das geräumige Anwesen beherbergte Metzgerei und Gastwirtschaft unter einem Dach. Zu der Schlachterei gehörte auch ein Kühlraum, zu dem uns der Wachtmeister nun führte.

„Wir haben ihn wegen der Hitze ins Kühlhaus geschafft“, bemerkte er. „In die Kirche konnten wir ihn nicht bringen, da dort gerade der Gottesdienst stattfand.“

Im Kühlraum trafen wir auf eine Gruppe Menschen, die um einen Tisch herumstanden. Auf dem Tisch lag – notdürftig mit einer grauen Wolldecke zugedeckt – eine leblose, menschliche Gestalt.

Henrik erkannte unter den Anwesenden die zwei Kollegen von der Spurensicherung und eine junge, hübsch anzusehende Reporterin vom Kreisblatt. Von einem Hauptwachtmeister, dem Vorgesetzten Gebhards, wurden uns ein greiser Dorfarzt, der wichtigtuerische Bürgermeister und der dickleibige Schlachter und Gastwirt Egon Adler vorgestellt. Allesamt fröstelten bereits stark.

Henrik bat, daß bis auf den Arzt alle den Raum verließen. Nur zögernd wurde der Bitte Folge geleistet. Vor allem die Reporterin schien protestieren zu wollen, besann sich dann aber eines Besseren und verabschiedete sich mit einem charmanten Lächeln – als wollte sie sagen, ich bekomme schon noch, was ich haben möchte.

„Wir sind seit 10 Minuten vor Ort“, begann einer der beiden Herren von der Spurensicherung, indem er seinen Notzblick zurückblätterte, „und haben folgendes erfahren: Bei dem Toten handelt es sich um den Gelegenheitsarbeiter Alfred

Katiofsky, 44 Jahre alt, gebürtiger Schlesier, seit Kriegsende hier in Negenbostel lebend. Heute morgen gegen 6.30 Uhr wurde er durch eine Gewehrkugel im Littauer Forst getötet. Als Schütze und Täter bekennt sich Landwirt Otto Hanebuth, ebenfalls aus Negenbostel, der sich mit seinem 14jährigen Sohn Hans auf der Frühpirsch befand. Als die beiden den vermeintlichen Wilderer Katiofsky stellten, kam es zu einem Schußwechsel, bei dem zunächst Katiofsky mit einem Kleinkalibergewehr den Unterschenkel Otto Hanebuths traf. Dieser erschoß darauf den Wilderer mit seiner großkalibrigen Jagdbüchse. Beide Gewehre sind sichergestellt. Otto Hanebuth wurde gegen 7.45 Uhr in das Kreiskrankenhaus eingeliefert, wo ihm die Kugel erfolgreich aus dem Bein herausoperiert worden ist. Sein Sohn Hans ist der einzige Zeuge des Geschehens und befindet sich im elterlichen Haus in der Obhut seiner Geschwister."

„Hmm . . .", äußerte sich mein Kriminalinspektor nachdenklich und trat an den Tisch mit dem Leichnam. „Zu schade, daß man den Toten nicht am Tatort gelassen hat." Er hob die Decke und schaute sich den großen, dunkelhaarigen Mann von oben bis unten an. Auch ich warf einen beklommenen Blick auf das blasse Gesicht, das von einem üppigen Vollbart umrahmt war. Ein kleiner roter Fleck auf der Brust markierte den Einschuß.

„Lungendurchschuß!" bemerkte der Arzt, während er seine kalte Nase rieb.

„Ich werde eine Obduktion veranlassen", sagte Henrik und an die Kollegen gewandt: „Dann wollen wir uns von dem Jungen einmal den Tatort zeigen lassen."

Ich war froh, daß wir dem unangenehmen Schlachtgeruch und der Kälte entfliehen konnten. Als wir ins Sonnenlicht traten, konnte ich deutlich die Enttäuschung in Henriks Gesicht erkennen. Aus einem vermeintlichen Mordfall war eine „einfache" Notwehrtat geworden, bei der der Täter bekannt und geständig war. Motiv und Tat erschienen klar, es gab nichts, was einen scharfsinnigen Sherlock Holmes herausgefordert hätte.

„Was geschah nach dem Schußwechsel?“ setzte Henrik seine Befragung fort, als man an der Kirche vorbei auf den Hanebuthschen Hof zuging. In respektvollem Abstand folgten uns einige neugierige Dorfbewohner.

„Der Hans lief ins Dorf und holte Hilfe“, meldete sich der Hauptwachtmeister zu Wort. „Ein paar Bauern sind dann mit einem Traktor und Anhänger losgefahren, um den verletzten Otto Hanebuth und die Leiche zu bergen.“ Entschuldigend zuckte er mit den Schultern.

„Schon gut“, erwiderte Henrik, „man kann es ihnen nicht verdenken, daß sie den Toten auch mitgenommen haben. Das war sehr christlich.“

Inzwischen waren wir in die von Kastanien beschattete Hofeinfahrt eingebogen. Ein großzügiges Wohnhaus und die Anzahl der Scheunen und Stallungen zeugten von der überdurchschnittlichen Größe des Hanebuth-Hofes. Neben dem Haus parkte ein Auto, um das sich eine kleine Gruppe Menschen geschart hatte. Unter ihnen befand sich auch die Reporterin.

Ein junger Mann, dem man den Jungbauern ansah, trat uns entgegen.

„Womit kann ich dienen?“ fragte er nicht gerade übermäßig freundlich.

Der Hauptwachtmeister stellte vor: „Gustav Hanebuth, der älteste Sohn von Otto Hanebuth – Inspektor Großmann und seine Kollegen von der Kriminalpolizei!“

„Ich bedaure, was Ihrem Herrn Vater zugestoßen ist“, begann Henrik, „und ich hoffe, daß er bald genesen sein wird und nach Hause zurückkehren kann. Wenn es die Ärzte erlauben, werden wir ihn noch heute aufsuchen, um uns mit ihm zu unterhalten. Doch zunächst möchten wir uns gern den Ort des Geschehens anschauen, und dazu benötigen wir die Hilfe ihres Bruders Hans . . .“

„Das wird leider nicht möglich sein“, unterbrach Gustav Hanebuth, während er selbstsicher seine mächtigen Arme vor seiner noch mächtigeren Brust verschränkte. „Der Hans hat einen Schock erlitten, und ich habe ihn zu Bett geschickt. Der Junge ist 14 Jahre alt. Es ist besser, wenn wir ihn erst einmal zur Ruhe kommen lassen."

„Hmm –, das ist aber schade." Henrik schaute sich um. „Wenn Sie einen Arzt benötigen, Dr. Böhmert ist noch in der Nähe. Ich werde nach ihm schicken."

„Nein, das ist nicht nötig", wehrte der Bauer bestimmt ab. Doch der Hauptwachtmeister war schon dem Wink von Henrik gefolgt und machte sich auf, den Doktor zu holen.

„Wenn es Ihnen hilft, kann ich mit in den Littauer Forst fahren und Ihnen die Stelle zeigen. Ich war heute morgen der erste am Tatort, als wir Vater und die Leiche geborgen haben."

„Ja, das wäre sehr hilfreich", sagte Henrik. „Können wir sogleich aufbrechen?! In der Zwischenzeit kann der Arzt nach dem Jungen schauen."

Dr. Böhmert fuhr gerade mit seinem Auto vor. Gustav Hanebuth schien gar nicht begeistert zu sein und fluchte leise. Schließlich rief er seine Frau herbei.

„Inge, geh du mit dem Arzt hinauf zu Hans. Ich fahre mit den Herren in den Forst. Bin gleich zurück."

Drei PKWs brachten uns über staubige Sandwege zum Littauer Forst. Als wir den Wagen entstiegen, befanden wir uns in einem lichten Kiefernwald mit mächtigen Stämmen. Am Waldboden hatte sich eine Wildnis aus Adlerfarn, Brombeerbüschen, aufgelaufener Birke und Faulbaum gebildet. Es roch geradezu nach Schwarzwild und Kaninchen – meinen beiden Lieblingstierarten, was das edle Weidwerk betrifft.

Wir folgten einem stark begangenen Rehwildwechsel. An einer Blöße, die – wie man an den aufgeworfenen Wurzeltellern sehen konnte – ihre Entstehung einem Sturm verdankte, machten wir halt. Heruntergetretenes Gras und Farnkraut zeugten von den Ereignissen des frühen Morgens. Gustav Hanebuth führte uns zu zwei Blutlachen, einer kleinen und einer großen, die ungefähr 20 Schritte auseinanderlagen. Von beiden nahm Henriks Kollege eine Probe in speziellen Plastiktütchen.

Unweit der großen Blutlache, die dem Wilderer zugeordnet wurde, brachten wir hinter einer Kiefer einen Sack zum Vorschein, der ein stranguliertes Kaninchen, drei Drahtschlingen und zwei prächtige Steinpilze enthielt. Wenige Meter weiter entdeckte ich in einem Brombeergebüsch vor einer Kaninchenröhre eine weitere, zum Fang bereite Schlinge.

Nachdem einige Fotos geschossen und eine Skizze angefertigt worden waren, wurden der Sack samt Inhalt und die Schlinge sichergestellt. Als Glückstreffer erwies sich Henriks Idee, eine imaginäre Linie durch die beiden Blutlachen zu ziehen und diese so zu verlängern, daß man annähernd die Flugbahn der Geschosse rekonstruieren konnte. So kam es, daß binnen kurzem ein Projektil aus einem ausgeworfenen Wurzelteller geborgen werden konnte, der in der Nähe der größeren Blutlache in den Himmel ragte.

Die Sonne hatte bereits ihren Zenit überschritten, als wir wenig später den Wald verließen und durch die Feldmark zurück ins Dorf fuhren. Nun, wo wir im Wagen allein waren, wollte ich Henrik meine Meinung über den Fall kundtun: „Du kennst dich sicherlich nicht so mit Wilderergeschichten aus wie ich. Deshalb möchte ich dir verraten, daß es sich bei dem Wilddieb nicht gerade um einen Profi handelt – oder besser gehandelt hat."

„Wie kommst du darauf?" fragte Henrik und blinzelte mich erwartungsvoll über den Rand seiner Sonnenbrille an.

„Nun, ein gewiefter Schlingensteller kontrolliert seine Fallen als Pilz- oder Blaubeersammler getarnt in aller Stille. Hierzu bedarf er keines Gewehres!"

„Vielleicht wollte er gleichzeitig auf ein Reh, einen Hasen oder sonst etwas pirschen."

„Das wäre recht ungewöhnlich! Aus zahlreichen Berichten und Erzählungen über Wilddiebe und ihre Verbrechen habe ich folgende Erkenntnis gewonnen: Man unterscheidet zwei

Wilderertypen; den draufgängerischen und kaltblütigen, mit einer Schußwaffe ausgerüsteten und den in aller Heimlichkeit, hinterlistig mit Schlingen jagenden Wilderer. Das sind zwei grundverschiedene Wesen, die einfach nicht unter einen Hut zu bringen sind."

„Es gibt sicher Ausnahmen", entgegnete Henrik. „Wie einfach wäre die Verbrechensaufklärung, wenn sich alle Kriminellen nach einem bestimmten Verhaltensmuster verhielten."

„Mag sein, aber vielleicht kannst du ja trotzdem meinen Einwand in deine Schlußfolgerungen mit einbeziehen . . ."

Ich sprach meine Gedanken nicht zu Ende aus. Wie sich später zeigte, waren meine Anmerkungen zu dem Fall gar nicht so abwegig. Vielleicht hatte ich sogar in jenem Augenblick bei Henrik die ersten Zweifel geweckt, die ihm später zu überraschenden Enthüllungen verhalfen.

Zurück im Dorf trafen wir auf Dr. Böhmert, der gerade den Hanebuthschen Hof verließ.

„Nun, Herr Doktor?!" nahm Henrik den Arzt beiseite, „was können Sie uns über den Jungen sagen?"

Der alte Mann schob seine Nickelbrille auf der Nase zurecht und räusperte sich. „Tja – aus dem werden Sie im Moment wohl nicht viel herausbekommen. Er steht wahrhaftig unter Schock. Ich habe ihm ein Mittel verabreicht, so daß er jetzt schlafen kann. Das Ganze scheint ihn doch arg mitgenommen zu haben."

Henrik bedankte sich und stieg gerade zurück zu mir in das Auto, als der Arzt noch hinzufügte: „Im übrigen sollen beim „Adler" zwei Leichenwagen vorgefahren sein, deren Fahrer sich um den Auftrag streiten. Könnten Sie das eventuell klären?!"

Nachdem die Leiche auf dem Weg in die Kreisstadt zur Obduktion war, die Herren der Spurensicherung sich verabschiedet hatten und die Dorfpolizisten zu ihrem verspäteten Sonntagsbraten heimgefahren waren, begaben Henrik und ich uns in die Gaststube des „Adlers". Nach einem kurzen Anruf bei Charlotte, die wohl ohnehin nicht mit uns zum Mittagessen gerechnet hatte, bestellten wir zwei „Jägerschnitzel nach Hausmannsart".

An der Theke herrschte Hochbetrieb. Der gesamte männliche Teil der Dorfbevölkerung schien versammelt zu sein, um den Vorfall zu diskutieren. Mit steigendem Alkoholpegel wurde die Gesellschaft lauter, und Satzfragmente wie „. . . das hat er richtig gemacht . . ." oder „. . . hier herrschen Recht und Ordnung . . ." drangen an unsere Ohren.

Henrik und ich schauten uns mit gemischten Gefühlen an. Diese Art von Stimmung war uns noch wohl bekannt und löste Unbehagen bei uns aus.

Als wir nach dem Essen bei Cognac und Kaffee saßen, löste sich von der Theke ein älterer Herr und trat an unseren Tisch. Es war plötzlich mäuschenstill im Raum.

„Mein Name ist Voges, Erich Voges", begann der Mann umständlich. „Ich bin der stellvertretende Bürgermeister, Landwirt und Jagdpächter von Revier Negenbostel II. – Im Namen der Dorfbevölkerung", dabei machte er eine elegante Armbewegung zur Theke hin, „soll ich den Herren der Kriminalpolizei mitteilen, wie dankbar wir unserem unerschrockenen Mitbürger, Nachbarn und Weidgesellen Otto Hanebuth sind, daß er unseren Ort von diesem gemeinen Wilddieb befreit hat. – Wir hoffen", wieder eine Drehung zur Theke, „daß unser Otto bald gesund das Krankenhaus verlassen und zu uns zurückkehren kann. Wir nehmen nicht an, daß die Polizei oder wer auch immer ihm Schwierigkeiten macht!"

Lautes Gegröhle und Geklatsche an der Theke folgten der Rede. Ohne eine Antwort von uns abzuwarten, drehte sich Erich Voges um und schritt würdevoll zurück in den Kreis seiner Gesinnungsgenossen.

„Das klingt ja fast wie eine Drohung", bemerkte ich leise und hätte am liebsten laut losgelacht. Doch Henrik schien alles andere als amüsiert zu sein. Er bestellte die Rechnung und schaute grübelnd aus dem Fenster. „Der Katiofsky war anscheinend nicht gerade beliebt im Dorf", meinte er ernst. „Er war sicher ein ganz armer Teufel . . ."

Eine Stunde darauf stießen wir im Kreiskrankenhaus auf einen mürrischen und verstockten Otto Hanebuth. Der Arzt gestand uns zehn Minuten Gesprächszeit zu, da der Patient durch den hohen Blutverlust noch arg geschwächt war und unbedingt der Ruhe bedurfte. Aber auch eine Stunde hätte kein besseres Resultat erbracht. In kurzen, abgehackten Sätzen schilderte er uns das Geschehen: Er habe mit seinem Sohn Hans auf der Frühpirsch den Wilderer Katiofsky bei der Schlingenkontrolle gestellt und – nachdem dieser, ohne zu zögern, mit dem mitgeführten Kleinkalibergewehr auf ihn geschossen und sein Bein getroffen habe – in Notwehr zurückgeschossen. Mit weiteren Fragen sollten wir uns an seinen Anwalt wenden. Er habe schlechte Erfahrungen mit der Polizei gemacht. – Wie uns einige Tage später Wachtmeister Gebhard berichtete, war Otto Hanebuth im Frühjahr des selben Jahres wegen unerlaubten Gülleablassens in einen Graben angezeigt worden und seitdem schlecht auf die Gesetzeshüter zu sprechen.

Am Spätnachmittag des selben Sonntags saßen wir bei Zwetschgenkuchen – dem ersten, wie Charlotte stolz verkündete – und Wespengeschwirr auf der Terrasse. Henrik hatte zuvor telefonisch seinen Chef über den Stand der Dinge informiert. Dieser wollte den Fall so schnell und so diskret wie möglich abgeschlossen haben. Der Bürgermeister von Negenbostel, ehemaliges Landtagsmitglied und Parteifreund des Kommissars, habe ihn angerufen und Diskretion gefordert. Der Ruf von Negenbostel sei in Gefahr.

„Der hat sicher eher Angst um seinen eigenen Ruf und seine politische Karriere“, bemerkte ich und angelte mit der Kuchengabel eine Wespe aus der Kaffeetasse.

„Dabei hat er gar nichts zu befürchten“, antwortete Henrik. „So, wie der Fall liegt, wird dem Hanebuth Notwehr zugestanden. Damit ist er fein raus. Außerdem scheint das ganze Dorf auf seiner Seite zu sein.“

„Ja, die Flüchtlinge haben es wirklich nicht leicht bei uns.“

„Themenwechsel!“ nutzte Charlotte die Gesprächspause. „Wie schmeckt euch eigentlich mein Kuchen?“

Am Montagmorgen erhielt Henrik noch vor dem Frühstück fernmündlich einen vorläufigen Obduktionsbefund und die Informationen aus dem Labor. Katiofsky war innerhalb weniger Sekunden an den Folgen eines Lungendurchschusses gestorben. Die tödliche Kugel – das im Baum gefundene Projektil – entstammte dem 98er Karabiner Otto Hanebuths, das aus dem Bein herausoperierte Geschoß dem Kleinkalibergewehr. Der Sack, die Schlingen und das Kaninchen brachten keine neuen Erkenntnisse.

„Alles scheint sonnenkar!" ließ Henrik am Frühstückstisch verlauten. „Wir fahren heute noch einmal nach Negenbostel und nehmen mit dem Jungen ein Protokoll auf. Dann benötige ich nur noch die schriftliche Aussage des Alten im Krankenhaus – und der Fall ist erledigt."

„Wenn du meinst . . .!"

Wir statteten dem Labor noch einen kurzen Besuch ab, um den 98er Karabiner abzuholen, bevor wir uns auf den Weg machten. In Negenbostel schien wieder alles seinen alltäglichen Gang zu gehen. Vor dem „Adler" begegnete uns eine Kuhherde, die uns zum Halten zwang. Der Pfarrer stand freundlich nickend auf dem Kirchberg, wo er dem Küster beim Rasenmähen zuschaute. Als wir endlich weiterfahren konnten, schlug die Kirchturmuhr hell und blechern zehnmal. Auf dem Hanebuthschen Hof gab es eine überraschende Neuigkeit:

„Nun ja", gab uns Gustav Hanebuth zu verstehen, „wir dachten, daß es für den Hans erst einmal besser ist, von der ganzen Geschichte Abstand zu gewinnen. Deshalb ist er mit meiner Frau zu unserem Neffen an die Ostsee gefahren. Mit dem Sieben-Uhr-Zug in der Früh."

Henrik war zunächst sprachlos. Dann aber schimpfte er los: „Da hätten Sie uns wenigstens fragen können! Sie wußten doch, daß wir heute wiederkommen wollten, um den Hans zu vernehmen!"

„Das schon, aber der Bengel ist doch noch ganz grün hinter den Ohren. Außerdem steht ja unser Vater für Aussagen zur Verfügung."

Nachdem Henrik sich die Adresse des Neffen notiert hatte, übergab er den Karabiner und verabschiedete sich.

„Irgendwie ist da etwas faul“, konnte ich meinen Mund nicht halten, als wir im „Adler“ beim zweiten Kaffee saßen.

„Ach, was soll's!“ gähnte Henrik gelangweilt. „So sind die hier auf dem Lande. Die dachten sicher, wir nehmen den Jungen in die Mangel. Diese Heidjer sind ein Volk für sich.“

In diesem Moment betrat ein etwa 50jähriger, kahlköpfiger Mann den ansonsten leeren Wirtsraum. Er schaute in die Runde und kam, als er uns in der Stammtischecke entdeckt hatte, schnurstracks auf uns zu.

„Kriminalpolizei, nicht wahr?!“ fragte er mit leiser Stimme. Auf Henriks Nicken fuhr er fort: „Entschuldigen Sie die Störung. Mein Name ist Hornig, ich bin der Tischler am Ort. Ich möchte Sie etwas zum Fall Katiofsky fragen. Darf ich mich setzen?“

„Aber natürlich, bitte schön“, antwortete Henrik und rückte einen Stuhl zurecht.

„Das ist nämlich so“, fuhr der Mann fort: „Der Katiofsky hat bei mir gewohnt, und ich weiß jetzt nicht, was ich mit seinen Sachen tun soll. Soweit ich weiß, hat er keine Angehörigen hier im Westen. Es ist ja nicht viel, was er besitzt, doch irgendwo muß ich den Krempel ja nun lassen. Ich wäre froh, wenn Sie sich seine Wohnung mal anschauen würden.“

„Tja“, erwiderte Henrik, „das ist leider nicht unsere Aufgabe. Da müssen Sie sich an den Bürgermeister oder die Gemeindeverwaltung wenden.“

„Aber vielleicht finden Sie ja noch etwas Interessantes – Schlingen, Tierfelle oder gar Waffen . . .“ versuchte der Mann Henrik die Sache schmackhaft zu machen.

„Nein, nicht nötig! Der Fall ist so gut wie abgeschlossen.“

„Einen Blick könnte man ja riskieren“, mischte ich mich in das Gespräch ein, obwohl ich nicht zu sagen vermag, was mich derart an der Wohnung eines erschossenen Wilderers interessierte. Ich nickte Henrik aufmunternd zu – und so kam es, daß wir eine Viertelstunde später unseren Volkswagen zwischen frisch geschälten Fichtenstämmen, Stapeln von Dachlatten und einem Berg Sägespäne parkten. Der Tischler Hornig führte uns um den Sägeschuppen herum zu einem kleinen Steinhaus. Das Häuschen machte einen sehr heruntergekommenen Eindruck. Frische Farbe hatte es seit langem nicht mehr gesehen, die Dachziegel waren vermoost und brüchig.

„Hier ist es!“ sagte Hornig und schloß die Holztür auf. Vor uns lag ein einziger, großer Raum mit einem Bett, Tisch, Stuhl und einem Kanonenofen. In der Rückwand war ein breiter Wandschrank eingelassen, ansonsten gab es kein weiteres Möbelstück. An den Wänden hingen Fotos aus Zeitschriften mit den unterschiedlichsten Motiven.

In wenigen Augenblicken hatten wir die recht staubigen und unordentlich gehaltenen Utensilien des Zimmers untersucht. Es kam nichts Nennenswertes außer einer Drahtrolle zum Vorschein, die Henrik für das Labor mitnahm. Es fanden sich keine weiteren Waffen – bis auf ein langes Brotmesser –, keine Munition, nicht einmal eine leere Patronenhülse.

„Dies hier widerspricht deiner Theorie vom trotteligen Wilderer“, gab mir Henrik flüsternd zu verstehen.

„Ja, ich bin auch erstaunt“, murmelte ich nachdenklich. Dann wandte ich mich an Hornig: „Ich sehe hier lediglich einen Wasserkessel und keine Töpfe. Wo hat denn der Katiofsky seine Beute zubereitet? Oder hat er etwa seine Kaninchen verkauft?“

„Wie soll ich denn das wissen?!“ antwortete der Mann ärgerlich. „Bis gestern habe ich doch gar nicht gewußt, daß er wilderte. Ich dachte immer, der gehe Pilze oder Beeren sammeln. – Aber vielleicht fragen Sie mal die alte Lehmannsche! Bei der hat er sonntags immer zu Mittag gegessen.“

„Und sonst? Wo bekam er am Alltag sein Essen her?“ wollte Henrik wissen.

„Von mir – oder besser gesagt von meiner Frau. Nachdem er vor einem Jahr bei Hanebuth rausgeflogen . . .“, er stockte und biß sich auf die Lippen, fuhr dann aber rasch fort; „. . . habe ich ihn freundlicherweise – oder wie sich jetzt herausstellt dummerweise – bei mir aufgenommen. Er . . .“

„Ach –“, unterbrach ihn Henrik erstaunt, „der Katiofsky hat früher einmal auf dem Hanebuth-Hof gelebt?!“

Dem Tischler Hornig schien diese Frage gar nicht zu passen. Er schaute verlegen auf den Fußboden und zögerte mit der Antwort: „Das weiß doch jeder hier. Wenige Wochen vor Kriegsende traf er hier im Dorf ein. Auf dem Hanebuth-Hof fand er Arbeit und Quartier. Bis dann die Sache mit den Hühnern passierte. Der Katiofsky meinte, es wäre ein Marder gewesen, doch Otto hat ihm nicht geglaubt und ihn vom Hof gejagt.“

„Und warum haben Sie sich seiner erbarmt?“

„Nun ja – zunächst habe ich keine Hühner, und im übrigen benötige ich zuweilen eine Hilfskraft an der Bandsäge. Aber der Katiofsky hatte zwei linke Hände . . .“

„Also dann“, schloß Henrik das Gespräch ab. „Am besten, Sie wenden sich betreffs der Utensilien des Verstorbenen an Ihren Bürgermeister. Viel ist es ja nicht, was der arme Teufel hinterlassen hat. – Könnten Sie uns noch beschreiben, wie wir zu dieser Frau Lehmann finden?!“

Im Osten des Dorfes führte ein mit Bauschutt ausgebesserter Erdweg am Sportplatz vorbei in die Feldmark. Er folgte einem zur Zeit ausgetrockneten Graben auf der einen und einer Weißdornhecke auf der anderen Seite bis zu einem roten Backsteinhaus. Hier wohnte Frau Lehmann. Henrik und ich entstiegen dem Auto und betraten einen wild wuchernden Vorgarten.

Da auf unser Klopfen an der Haustür niemand reagierte, schauten wir um die Hausecke und bemerkten hinter dem Zaun des Hühnerhofes eine Person. Frau Lehmann fütterte gerade ihr Federvieh. Als sie uns entdeckte, kam sie winkend und undeutliche Worte plappernd auf uns zu. Wenig später stand vor uns eine verhutzelte, alte Frau mit einem schneeweißen Dutt auf dem Kopf. Ihr Gesicht war faltenreich und vom Leben gezeichnet, strahlte jedoch Wärme und Freundlichkeit aus. Sie stellte einen Topf mit Essensresten auf die Holzbank am Haus und wischte sich die Hände an der Schürze ab.

„Auf Sie habe ich schon gewartet!“ schnarrte sie aus einem Mund mit etlichen Zahnlücken. „Sie sind sicher von der Polizei?!“

„Guten Tag!“ Henrik und ich nahmen die dargebotene Hand und stellten uns kurz vor. „So, so – Sie haben uns schon erwartet“, sagte Henrik amüsiert. „Wieso denn, bitte schön?“

„Na, wegen dem Katiofsky natürlich! Welch dämliche Frage! – Aber kommen Sie doch herein, ich habe da noch einen köstlichen Tee auf der Ofenplatte stehen.“

Henrik und ich lächelten uns an und folgten der gebückt gehenden Frau ins Haus. Drinnen war es angenehm kühl. In der großen Küche, in die sie uns führte, roch es nach Pfefferminztee und Tabak.

Kaum hatten wir uns an dem klobigen Holztisch in der Mitte des Raumes niedergelassen, da dampften auch schon zwei Teebecher vor unseren Nasen.

„Das tut Ihnen bestimmt gut!“ meinte die Alte augenzwinkernd. „Sie sehen so angespannt aus. Die Zutaten habe ich alle selbst gesammelt!“

„Frau Lehmann, Ihnen ist bekannt, weshalb . . .“ wollte Henrik gerade loslegen, als er von der Frau unterbrochen wurde.

„Ich weiß, ich weiß!“ Sie fummelte sich einen abgekauten Zigarrenstummel aus der Schürzentasche. „Man hat Ihnen im Dorf erzählt, die alte Kräuterhexe Lehmann kennt den Katiofsky wie kein zweiter. – Und da haben die Leute recht!“ Sie zündete sich den Stummel an und redete leutselig weiter. „Ja, er war oft bei mir, der Gute. Er war kein schlechter Mensch! Ab und an hat er ein paar Kaninchen im Busch gefangen, die es dort ja auch zuhauf gibt. Die haben wir dann sonntags hier verspeist. Oh, waren die lecker! – Aber daß er einen Schießprügel gehabt und daß er gar damit auf den dusseligen Hanebuth geschossen haben soll, glaube ich nie und nimmer! Das war nicht mein Katiofsky!“

„Aber die Indizien sprechen gegen ihn“, nutzte Henrik eine Rauchverschnaufpause der Alten, die jedoch unbeirrt weitererzählte: „Sehen Sie, ich komme recht selten ins Dorf. Die Leute mögen mich nicht, und ich mag wiederum sie nicht – obwohl ich wenig über sie weiß. Doch den Hanebuth, den kenne ich! Dem traue ich alles zu! Der hat mir mal eine Wildkräuterwiese umgepflügt und einen Wildacker daraus gemacht. Jetzt steht dort Kohl, wo früher Augentrost und Schöllkraut wuchsen. Das werde ich ihm nie verzeihen!"

„Wann haben Sie den Katiofsky das letzte Mal gesehen?"

Die Lehmann zupfte sich nachdenklich am Ohr. „Freitag morgen!" sagte sie nach einer Pause. „Er kam aus dem Holz und brachte mir einen Korb mit den ersten Steinpilzen und Maronen. Er war der einzige Mensch, der sich um mich kümmerte . . ." Die letzten Worte waren in einem tiefen Schluchzer untergegangen. „Und ich möchte wetten, daß dieses Bauernpack ihn einfach umgebracht hat, weil er ein armes Würstchen war, cin Außenseiter, der sich nicht zu wehren wußte!"

„Aber anscheinend besaß er ein Gewehr", meinte Henrik, „welches er auch benutzt hat."

Die Frau schüttelte heftig den Kopf: „Das hätte er mir bestimmt erzählt!"

„Vielleicht wollte er Ihnen die Mitwisserschaft ersparen und hat deshalb nie die Waffe erwähnt . . ."

„Entschuldige Henrik, ich habe da eine Frage." Ich wandte mich an die Alte: „Hat Ihnen der Katiofsky jemals ein Stück Wild gebracht – ich meine ein Kaninchen, einen Hasen oder gar ein Reh – das nicht gefangen, sondern geschossen war?"

„Nein, nie! – Es handelte sich stets um strangulierte Karnickel! Aus denen habe ich dann immer saftige Braten in einer Kräutersoße gezaubert. Das Rezept hatte Katiofsky aus dem Osten mitgebracht. Dazu gab es Bratkartoffeln und Rotkraut. Das mochte er am liebsten. – Und für wen koche ich jetzt . . .?!"

Frau Lehmann begann wieder zu schluchzen. Wir tranken unsere Tassen aus – der Tee schmeckte recht bitter – und verabschiedeten uns.

Als wir gerade ins Auto einsteigen wollten, rief die Alte uns nach: „Ich habe übrigens an dem besagten Morgen die Schüsse gehört. Ich war auf Kräutersuche im Moor, ganz in der Nähe vom Littauer Forst. Erst fiel ein Schuß und wenig später der andere. Habe gedacht, daß sind die Jäger und bin meines Weges gezogen."

„Wieviel Zeit ist zwischen den beiden Schüssen verstrichen? fragte Henrik.

„So einige Zeit! Ein paar Minuten, möchte ich meinen!"

„Hmm –", Henrik schaute mich groß an. „Das wäre es dann für heute. Auf Wiedersehen!"

„Seltsam, seltsam!" murmelte ich vor mich hin, während wir den Feldweg zurück ins Dorf fuhren. Und lauter: „Je mehr man bohrt und forscht, desto konfuser wird der Fall. Dieser lange Zeitabstand zwischen den beiden Schüssen paßt ja überhaupt nicht in unsere Version."

„Wer weiß, was die Alte gehört hat!" sagte Henrik ärgerlich. „Ich habe Order, den Fall so schnell wie möglich abzuschließen. Diese Frau Lehmann . . ."

„Nur noch ein Vorschlag!", unterbrach ich Henrik, indem ich ihm entschuldigend auf die Schulter tippte. „Der Kleinkaliber ist doch sicherlich nach Fingerabdrücken untersucht worden. – Ich weiß, den hatten nach Abgabe der Schüsse viele verschiedene Hände berührt. Trotzdem solltest du einmal im Labor nachfragen, wieviele Fingerabdrücke von Katiofsky sich auf der Waffe feststellen lassen." –

Der zweite Besuch im Kreisstadt-Krankenhaus war ähnlich frustrierend wie der erste. Knapp und mürrisch gab Otto Hanebuth nur das Nötigste zu Protokoll: „Das Bein kaputt, der Sohn hat 'nen Schock – die Getreideernte ist im vollen Gange – und dann noch die ewig fragende Polizei. Kann ich nicht endlich in Ruhe gelassen werden?! Der Fall ist doch klar, oder . . .?!"

Noch am selben Abend – wir bereiteten gerade den Grill auf der Terrasse vor – erhielt Henrik aus dem Labor die Nachricht, daß am Kleinkalibergewehr neben vielen anderen Fingerabdrücken auch die von Katiofskys rechter Hand entdeckt worden waren. Jedoch erstaunlicherweise nur am Pistolengriff und nicht an einem anderen Teil der Waffe.

„Wahrscheinlich ist das Gewehr durch zu viele Hände gegangen", meinte Henrik, während er die Schweinesteaks würzte. „Fingerabdrücke verwischen sehr rasch!"

„Es ist aber schon recht merkwürdig, daß vom Träger einer Waffe derart wenige Abdrücke vorhanden sind." Mit einem Blasebalg blies ich kräftig in die Glut der Holzkohle und fuhr fort: „Zumindest einer müßte doch am Lauf oder am Schaft zu finden sein?!"

„Wer weiß, wer weiß . . .!"

Über den Fall Katiofsky fiel an diesem Abend kein weiteres Wort. Wir ließen uns die Steaks und Röstkartoffeln schmekken und redeten über Gott und die Welt. Doch sollte ich mich – wie sich am nächsten Morgen herausstellte – darin getäuscht haben, Henriks kriminalistisches Interesse an dem Wilderer-Fall schwinden zu sehen.

Schon recht früh weckte er mich gutgelaunt mit der Nachricht, daß wir noch einmal nach Negenbostel fahren müßten. Telefonisch sagte er den eigentlich vereinbarten Report bei seinem Chef ab, der darüber sehr ungehalten war. Aber Henrik ließ nicht von dem Vorhaben ab, Negenbostel einen weiteren Besuch abzustatten.

Im Auto sprach er kein Wort. Die ganze Fahrt über pfiff er ein Lied nach dem anderen und ließ mich brüten. Was versetzte ihn in eine derart gute Laune? Warum fuhren wir ein weiteres Mal nach Negenbostel? Was konnte er herausgefunden haben, was ich nicht auch schon wußte? Ich wagte es nicht, ihn zu fragen und erwartete gespannt die Ankunft in dem Heidedorf.

Zu meiner Überraschung fuhr Henrik durch das noch im Morgenschlummer liegende Negenbostel hindurch und steuerte seinen Wagen zu dem Haus der Frau Lehmann. Die kam gerade von einem Streifzug durch Wiesen und Wälder zurück. Stolz zeigte sie uns die prall gefüllten Leinensäckchen, aus denen die verschiedensten Kräuter ragten.

„Sie wollen sicher kontrollieren“, lachte sie vergnügt, „ob ich die Schlingen vom Katiofsky übernommen habe und mir die Kaninchen hole. – Bitte schön, schauen sie – alles wunderbare, frische Pflänzchen!“

„Nein, deshalb sind wir nicht gekommen“, sagte Henrik freundlich. „Es geht vielmehr um eine Frage, die mir in der vergangenen Nacht in den Sinn gekommen ist.“ Henrik schaute mich vielsagend an und fuhr dann fort: „Sie sagten, daß Sie am Sonntagmorgen die beiden Schüsse gehört hätten, nicht wahr?!“ Die alte Frau nickte nur. „Haben Sie – wenn Sie sich recht besinnen – einen Unterschied in der Lautstärke zwischen den beiden Knallen feststellen können? Oder klangen sie beide gleich laut?“

„Nein, ganz und gar nicht!“ antwortete die Frau wie aus der Pistole geschossen. „Der eine war eindeutig lauter als der andere!“

„Sehr gut!“ Henrik fingerte aufgeregt an seiner Pfeife. „Und welches war der erste Schuß – der laute oder der leise?“

Die arme Frau guckte ihn entgeistert an, antwortete dann aber prompt: „Der laute Schuß! – Ja, zuerst fiel der laute und dann der leise Schuß!“

Henrik pfiff kurz durch die Zähne und nickte. Darauf bedankte er sich bei Frau Lehmann mit einem Händedruck. Als wir dann im Auto saßen, rekapitulierte ich: „Der Karabiner hat also zuerst geschossen! Und dieser Karabiner hat nachgewiesenermaßen den Wilderer Katiofsky getötet. Erst Minuten später fällt der Schuß aus dem Kleinkalibergewehr, der Otto Hanebuth ins Bein trifft! Wer zum Teufel hat denn da noch den Finger am Drücker gehabt?“

Genüßlich ließ mich Henrik einige Augenblicke schmoren, während er betont langsam auf dem staubigen Feldweg Richtung Dorf fuhr.

„Ganz einfach!“ meinte er schließlich. „Für die Schußfolge, wie sie die Lehmann gehört hat, gibt es nur eine Erklärung, und die erklärt alle von uns entdeckten Ungereimtheiten.“ Gespannt schaute ich auf Henrik, der sich jedoch viel Zeit ließ, bevor er endlich fortfuhr: „Katiofsky hat tatsächlich keine Waffe besessen! – Er war ein einfacher Schlingensteller, ein Wilderertyp, wie du ihn mir geschildert hattest. Um seine Schlingen zu patrouillieren, bedurfte er keiner Waffe. Am Sonntagmorgen nun stieß er auf den pirschenden Otto Hanebuth und dessen Sohn. Der Alte trug – wie üblich – seinen Karabiner und der Junge – sein Kleinkalibergewehr!"

„Wie bitte?!" Aber Henrik ließ sich durch meinen erstaunten Ausruf nicht irritieren und setzte seelenruhig seinen Bericht fort: „Otto Hanebuth muß – außer sich vor Wut – den ihm verhaßten Katiofsky ohne Vorwarnung erschossen haben. Dafür spricht der Einschuß in die Brust des Getöteten. Das war also der laute Schuß! Als Otto Hanebuth das „Mißgeschick" erkannt hatte und sich der Folgen seines Tuns bewußt geworden war, kam ihm eine Idee. Er ließ sich von seinem Sohn Hans – was sicher nicht ganz einfach war, wie der von der Lehmann bezeugte Minutenabstand zwischen den beiden Schüssen belegt – in das Bein schießen! Und dies war der leise Schuß! Danach drückte der Junge auf Geheiß seines Vaters dem bereits gestorbenen Katiofsky das Kleinkalibergewehr in die Hand und holte Hilfe aus dem Dorf. Den Rest der Geschichte kennen wir."

Inzwischen waren wir im Dorf angelangt, wo Henrik den Wagen unter der Kastanie vor der Post auslaufen ließ. Er sprang aus dem Auto, um mit seinem Kommissar zu telefonieren.

„Wir sollen sofort zu ihm kommen", rief er wenig später. „Er ist stocksauer, kommt aber mit uns ins Krankenhaus . . ."

Der Schuß ins Schwarze

Der Autobus holperte behäbig über die Landstraße. Vorbei an Birken und Apfelbäumen bahnte er sich seinen Weg durch kuhbestandene Wiesen und quittengelbe Getreidefelder. Für einen Moment blockierte ein Ungetüm von Mähdrescher die Fahrbahn. Bevor er sich wieder – eingehüllt von Staub und Krach – dem Weizenschlag zuwandte, spuckte er noch rasch einen Haufen Stroh auf den Asphalt. Der alte Busfahrer brummte ungehalten, während er das Hindernis umkurvte.

„Das ist ja hervorragend, daß die jetzt mähen", ließ der Junge verlauten, der direkt hinter dem Busfahrer in der ersten Reihe saß.

Sein Nachbar hob die Augenbrauen: „Wieso?" Er sah seinem Mitreisenden sehr ähnlich, schien aber etwas jünger.

„Liebes Bruderherz", antwortete der Ältere mit einem Seufzer. „Trotz deines frisch erworbenen Jugendjagdscheins wirst du noch einiges lernen müssen!"

„Jetzt gib man nicht so an!" konterte der kleine Bruder. „Du bist genauso Jungjäger wie ich. – Was kann schon gut daran sein, wenn ausgerechnet heut' gemäht wird?!" Inzwischen hatte der Bus die Feldmark hinter sich gelassen und durchfuhr ein ausgedehntes Waldgebiet.

„Wie du weißt, beginnt genau hier Onkel Siegfrieds Revier", erläuterte der Ältere versöhnlich, indem er auf ein Kiefernaltholz deutete. „Und wie du ebenfalls weißt, sind wir hier, um, wie jedes Jahr, auf Böcke anzusitzen . . ."

„Ja, aber dieses Mal haben wir einen Jagdschein und dürfen hoffentlich unseren ersten . . ."

„Langsam, langsam! Du weißt, wie eigen Onkel Siegfried mit seinen Böcken ist. Doch zurück zum Mähen: Kannst du dir wirklich nicht vorstellen, warum uns beim Ansitz hier im Forst das Mähdreschen draußen in der Feldmark zugute kommt?"

Der Jüngere schlug sich die flache Hand vor die Stirm. „Ich Idiot! Na klar! Onkel Siegfried hat's ja hundertmal erklärt. Durch die Unruhe in der Erntezeit zieht das Wild vom Feld in den Wald. Das hätte auch eine Prüfungsfrage sein können."

„Haargenau! Und auch weil dem Rehwild die Deckung genommen wird, wechselt es zurück in den Forst. Deshalb schießt unser Onkel doch seine meisten Böcke erst nach der Getreideernte. Er hat nun mal als Förster leider nur ein reines Waldrevier."

In diesem Moment stoppte der Bus. „Forsthaus Ellernbruch!" rief der Busfahrer laut und drehte sich zu den beiden Jungen um. Die zerrten ihre Reisetaschen aus dem Gepäcknetz und sprangen aus dem Bus. Umgeben von einer Wolke aus Auspuffgasen blieben die zwei allein am Straßenrand zurück. Die Hände schützend über die Augen gehalten, blinzelten sie in die Nachmittagssonne.

Was für ein Anblick: Vor ihnen lag in einer Niederung ein Forsthaus wie aus dem Bilderbuch. Hinter einem Lattenzaun, der – wie die Jungen mit Schrecken feststellten – dringend eines Anstrichs bedurfte, erstreckte sich saftiger Rasen mit einem Rosenbeet in der Mitte. Flankiert von einer Buchsbaumhecke führte eine kiesbestreute Einfahrt zu den beiden mächtigen Nordmannstannen, die wie zwei Wächter vor der spitzgiebligen Hausfront standen.

Einladend freundlich wirkte das nahezu 100jährige Forsthaus. Daß sich das Rot der Ziegel mit dem Rot der Geranien vor den Fenstern nicht vertrug, fiel kaum ins Gewicht. Sogar am Fensterbrett der Bodenluke hing ein Blumenkasten. Majestätisch thronte das Geweih des ungeraden Vierzehnenders hoch unter dem hölzernen Dachfirst, darunter – kaum noch erkennbar – die verblichene Schützenscheibe von Anno dazumal.

Umgeben war das stolze Anwesen von einem Mischwald, dessen Eichen und Kiefern schon als stattliche Bäume beim Bau des Forsthauses zugeschaut hatten.

„Hier ändert sich auch nie etwas!" strahlte der jüngere Bruder, während sie auf die Pforte zumarschierten. „Sogar Frau

Niemeyer pflückt wie eh und je die Johannisbeeren. Schau nur, mit welch' grimmigem Blick sie uns begrüßt." Zwischen Hundezwinger und Holzschuppen ragte ein riesiger Haardutt aus den Gartensträuchern. Die dazugehörige ältere Frau musterte nicht gerade freundlich die beiden Neuankömmlinge.

„Kann man ja auch verstehen", bemerkte der Ältere leise. „In den letzten Jahren hatte das ‚Storchennest' so manches Mal unter uns zu leiden. Und als Haushälterin von Onkel Siegfried hat sie es bestimmt auch nicht ganz leicht . . ."

„Was wird denn da geflüstert?" dröhnte plötzlich eine laute Stimme vor ihnen. Die Haustür war aufgesprungen, und in ihr stand mit weißem Haar, rotem rundem Gesicht und grüner Förstertracht der Onkel Siegfried.

„Dirk und Klaus!" röhrte die zigarrenrauch- und schnapsgewöhnte Kehle. „Seid willkommen, ihr zwei Lausebengel. Schön, euch in den Ferien mal wieder bei mir zu haben. Tretet ein . . ."

Eine Viertelstunde später servierte das „Storchennest" mit versteinerter Miene frischen Stachelbeerkuchen mit Schlagsahne. Sie saßen in den klobigen Gartenstühlen unter dem Haselnußstrauch, in dem – wie jedes Jahr im August – eine Amsel mit der zweiten Brut beschäftigt war. Aufgeräumt berichteten die beiden Neffen von der bestandenen Jagdscheinprüfung.

„Von 50 möglichen Ring hat Dirk beim Prüfungsschießen 44, und ich habe 41 Ring geschossen", berichtete stolz der jüngere Bruder Klaus.

„Ja, auf einem bequemen Schießstand", erwiderte der Onkel amüsiert. „Wartet aber erst einmal ab, bis ihr draußen bei Wind und Wetter auf einer wackligen Leiter auf ein Stück Wild anlegt. Das Jagdfieber wird euch schütteln, daß euch die Schnürbänder aufgehen!" Er lachte derart laut, daß die Amsel schimpfend ihr Nest verließ.

„Ach, Onkel!" lenkte nun Dirk ein. „Wir haben bei dir die ganzen Jahre über die Bockjagd miterlebt und dabei viel gelernt. Ich glaube nicht, daß wir uns wie zwei Grünschnäbel benehmen werden!“

Onkel Siegfried ließ sich vom „Storchennest“ eine Zigarre bringen, die er genüßlich in Brand setzte. Geistesabwesend schaute er dem hellen Rauch nach.

„Also gut!“ meinte er schließlich. „Ihr seid anscheinend nicht mehr die Rotznasen früherer Jahre und bringt jetzt sogar schon einen Jagdschein mit. Es wird Zeit, daß ihr euer Können unter Beweis stellt.“ Er erhob sich von seinem Stuhl und hielt feierlich die Kaffeetasse hoch. Dirk und Klaus starrten gebannt auf den alten Mann, während dieser mit seiner Rede fortfuhr. „Als Belohnung für die bestandene Jägerprüfung sollt ihr beiden je ein Stück Rehwild bei mir schießen. Und zwar – eine Ricke in den kommenden Weihnachtsferien. Jeder Jungjäger sollte mit einem weiblichen Stück Schalenwild beginnen, bevor er seinen ersten Trophäenträger streckt.

Die Enttäuschung stand den beiden Jungen ins Gesicht geschrieben. Mit erzwungenem Lächeln und einem Kloß im Hals dankten sie kleinlaut. Frau Niemeyer gluckste vor Schadenfreude. Kichernd senkte sie ihren Kopf, wobei ihr „Storchennest“ mit der Sahne auf der Stachelbeertorte in Berührung kam.

Die erste Böe eines sich ankündigenden Gewitters löste die Kaffeetafel auf. Rasch wurde abgetragen, und die beiden Jungen verkrochen sich in ihrem Zimmer. Wenn es das Wetter erlaubte, wollte man nach dem Gewitter noch auf den Ansitz – Onkel Siegfried mit Büchse, die Brüder lediglich mit Fernglas und Blatte.

„Das darf doch nicht wahr sein!“ ereiferte sich Dirk, als die beiden in ihrer Dachkammer allein waren. „Der alte Knauser! Da kommt man Jahr für Jahr in den Ferien, repariert die Hochsitze, fegt die Pirschpfade oder man rackert sich auf dem Wildacker ab – und nun dieser Lohn!“

„Hab’ Geduld!“ beschwichtigte Klaus. „Hast ja gehört: erst ’ne Ricke, dann der Bock. Auf ein Jahr mehr oder weniger kommt es nun auch nicht mehr an.“

Ein heftiger Blitzschlag unterbrach das Gespräch. Donnergrollen und Regen setzten ein. Die beiden Nordmannstannen beugten sich unter dem Druck des Windes und der Wassermassen, wodurch die äußersten Äste die hellen Enden des Hirschgeweihs am Giebel berührten. Auf dem Hof bildete sich flugs ein kleiner See, den Wald schluckten graue Regenschauer.

Das Unwetter währte nahezu eine Stunde. Als die letzten Tropfen gefallen waren, öffneten die beiden Jungen das Fenster und steckten ihre Köpfe in die frische Abendluft. Unter ihnen schwang sich das „Storchennest" auf ihr Fahrrad und radelte ins nahegelegene Dorf davon.

„Man gut, daß sie nicht auch noch hier wohnt", meinte Dirk, während er ihr mit dem Fernglas nachschaute. „Mir reicht es, wenn sie hier tagsüber herumspukt."

„Aber wirklich!" gähnte Klaus. „Hast du gemerkt, wie es die alte Schnepfe gefreut hat, daß der Onkel uns noch mit den Böcken hinhält. Ich hätte ihr am liebsten . . ."

„Dirk – Klaus!" schallte es da die Treppe hinauf. „Fertigmachen zum Ansitz! Es wird höchste Zeit!"

Der Abend war bemerkenswert. Onkel Siegfried hatte sich die Kanzel am sogenannten „Sauenwildacker" ausgesucht und seine beiden Neffen rechts und links von sich in Sichtweite auf zwei Leitern postiert. Diese Leitern standen an Feuerschutzstreifen, die von Dornen- und Birkengestrüpp überwuchert waren. Die Sonne brach noch einmal durch die davoneilenden Gewitterwolken und verwandelte die tropfnasse Natur in ein glitzerndes Lichtspektakel. Schon bald trat eine Ricke mit Kitz auf den Wildacker, an Dirks Leiter löste sich ungeniert ein Jungfuchs.

Den Knopfbock bemerkten die beiden Jungen im selben Moment. Er war unmittelbar neben der Kanzel von Onkel Siegfried ausgetreten. Ein Jährling ohne Zukunft, äußerst schwach im Wildbret – ein klassischer Abschußbock. Er zog unruhig zur Ricke mit dem Kitz und stand nun breit – gut fünfzig Meter von der Kanzel entfernt.

Doch zum Erstaunen der beiden Jungen tat sich auf der Kanzel nichts. Durch ihre Gläser sahen sie, daß ihr Onkel keine Anstalten machte, den Bock zu strecken. Er rührte sich überhaupt nicht, saß seltsam starr, der Kopf war leicht nach vorn gebeugt: Onkel Siegfried war eingeschlafen!

Er wachte auch nicht auf, als der Knopfbock von einem steinalten, zurückgesetzten Sechser vertrieben wurde. Seelenruhig begann dieser, die Ricke zu treiben, immer um die Kanzel herum. Der alte Förster schnarchte unterdessen und träumte von der Verleihung goldener Hegebrüche anläßlich der alljährlichen Trophäenschau. Erst als die beiden Neffen weit nach Büchsenlicht zu der Kanzel traten, vernahmen sie über sich ein Grunzen und Poltern. Onkel Siegfried war aufgewacht!

„Onkel, du bist ja eingenickt", bemerkte Klaus vorsichtig, während sie auf dem stockfinsteren Waldweg in Richtung Forsthaus marschierten. „Du hättest zwei Böcke schießen können, einen Knubbenbock und einen Sechser."

Man gut, daß die Jungen wegen der Dunkelheit das Gesicht des Onkels nicht sehen konnten. Schnaufend holte er Luft, bevor er losbrach:

„Ach, papperlapapp! Ihr solltet mal eure Ferngläser putzen! Die beiden Böcke habe ich wohl gesehen. Die Knopfböcke lasse ich für euch Jungjäger und der Sechser war mir noch nicht alt genug!"

„Aber . . ."

„Kein aber! Seid nicht so ungeduldig. Die nächsten Tage gibt es noch genügend Gelegenheit. Das war schließlich erst euer erster Ansitz."

Damit war das Thema erledigt. Bis zum Erreichen des malerisch im Mondschein liegenden Forsthauses sprachen sie kein Wort mehr.

Nach einem kurzen Imbiß in der Küche begaben sich die drei Weidmänner – wie es zum Abschluß eines Jagdabends Tradition war – mit einem Gute-Nacht-Bier in das „Jagdzimmer". Als „Jagdzimmer" bezeichnete Onkel Siegfried sein mit Trophäen reich geschmücktes Wohnzimmer, in dem ungezählte Stücke totgetrunken und so manche Jagdgeschichte zum besten gegeben worden waren.

An diesem Abend war wieder einmal die Geschichte vom pechschwarzen Bock mit dem schneeweißen Korkenzieherge-hörn an der Reihe. Dieser legendäre Bock, den Onkel Siegfried während eines Herbststurmes am Abend des 15. Oktober im Moor gestreckt haben will, stand ausgestopft in voller Lebensgröße auf dem Kaminsims. Die Müdigkeit des Onkels schien wie verflogen. Wild gestikulierend beschrieb er sein erfolgreiches Anpirschen an den überaus heimlichen Bock, derweil seine Neffen vor Erschöpfung immer tiefer in die Sofakissen versanken.

Die Geschichte vom Korkenzieherbock mußten sie sich jedes Jahr von neuem anhören. Mitleidig schaute sie der präparierte Bock aus seinen dunklen Glasaugen an. Er hatte schon etliche Trophäenschauen geziert und sollte nun sogar zu einer landesweiten Jagdausstellung in die Stadt.

„Wenn euch mal so einer kommen sollte, dann dürft ihr nicht lange fackeln“, schwadronierte Onkel Siegfried, wobei er wie eine Lokomotive mit seiner Zigarre dampfte. „Eine derart seltene Trophäe läuft einem nicht alle Tage über den Weg. Ja, ich möchte meinen, das ist mein Lebensbock . . .“

Da der Onkel nicht viel vom Frühansitz hielt, ging es erst wieder am nächsten Abend los. Dirk und Klaus saßen dieses Mal zusammen auf einem Hochsitz unweit der Feldgrenze. Onkel Siegfried hatte sich – wieder in Sichtweite – für eine Leiter an einem Entwässerungsgraben entschieden. Entlang dem Graben verlief ein schmaler Äsungsstreifen mit Raps. Kurz nach Sonnenuntergang traten ein Bock und eine Ricke aus und begannen, im Raps zu äsen. Für Klaus und Dirk war es zu weit, den Bock anzusprechen, jedoch saß Onkel Siegfried prächtig – wäre er nicht wieder eingenickt.

So verlief Abend für Abend. Da es sich die beiden Jungen nicht mit ihrem Onkel verderben wollten, sprachen sie ihn auch nicht mehr auf seine Schlummerstunden an und ließen ihn gewähren. Nach dem Ansitz war er dann stets putzmunter und erzählte eine Jagdgeschichte nach der anderen. Geduldig lauschten die beiden Brüder einmal mehr, wie der schwarze Korkenzieherbock im Moor sein Leben lassen mußte. Immer wieder dieser Korkenzieherbock . . .

Die Woche verstrich wie im Fluge. Tagsüber waren Klaus und Dirk damit beschäftigt, die Fütterungen für den nächsten Winter herzurichten – oder sie strichen, wenn auch nur mit Murren, den Gartenzaun der Försterei. Am Abend folgte dann der obligatorische Ansitz ohne zählbaren Erfolg – denn Onkel Siegfried konnte und wollte wohl auch nicht Herr seiner Müdigkeit werden.

Es war der vorletzte Abend für die beiden Jungjäger. Sie saßen zusammen auf einer Kanzel an einem Wegekreuz. Ihr Onkel hielt gut hundertfünfzig Meter entfernt hinter einem Erdschirm sein Nickerchen.

„Das war wohl nichts dieses Jahr", flüsterte Dirk seinem Bruder zu. Ein Eichelhäher steuerte die Kanzel an, bemerkte die beiden Störenfriede und drehte – ohne einen Laut von sich zu geben – mit raschem Flügelschlag ab. „Kein Bock ist gestreckt. Weder der Onkel noch wir kamen zu Schuß – und das, obwohl wir nun endlich unseren Jagdschein haben!"

In sicherer Entfernung begann nun der Eichelhäher lauthals zu schimpfen.

„Wir hätten jeder zwei Böcke schießen können", verkündete Klaus leise. „Ganz zu schweigen vom Onkel! Stattdessen müssen wir uns seine Geschichten anhören. Und immer wieder dieser Korkenzieherbock . . . Damit locken wir am Montag in der Schule keinen hinter dem Ofen vor."

„Au Backe! Ich habe allen erzählt, daß wir dieses Mal zwei Gehörne mit nach Hause bringen. Welch Blamage!" Dirk kratzte sich verdrießlich über dem Ohr. „Aber vielleicht haben wir am Montag doch noch etwas Aufregendes zu berichten." Seine Augen begannen plötzlich, spitzbübisch zu leuchten. Er stieß seinem Bruder mit dem Ellenbogen in die Seite. „Hör zu, ich habe da eine prima Idee . . ."

Der nächste Tag zeigte sich noch einmal von der schönsten Sommerseite. Wolkenloser Himmel, kaum ein Lüftchen rührte sich, und die Temperaturen stiegen auf 30 Grad.

„Heute sind sicher die letzten Getreidefelder gemäht worden“, frohlockte Onkel Siegfried am Abend. „Jetzt kommt die Stunde der Förster. Heute habe ich bestimmt endlich Weidmannsheil!“

Klaus und Dirk zwinkerten sich heimlich zu, während sie brav ihr Abendbrot kauten.

„Onkel?!“ sagte Klaus nach einem Weilchen: „Können Dirk und ich heute zum Abschluß der Ferien auf die Schilfkanzel. Dort haben wir früher immer einen interessanten Anblick gehabt.“

„Hm . . .“, brummte der Förster. „Tja, die Wildwiese dürfte mittlerweile abgetrocknet sein. Wäre gut möglich, daß ihr dort etwas zu sehen bekommt. Ich werde mich wieder an den „Sauenwildacker“ setzen.“

Gesagt, getan: An der Holzpforte hinter dem Haus trennten sich die drei Jäger mit einem fröhlichen Weidmannsheil. Während Onkel Siegfried auf dem Sandweg davonstapfte, bogen die beiden Brüder in einen schmalen Pfad ein, der hauptsächlich von Pilz- und Beerensammlern benutzt wurde. Doch schon nach wenigen Schritten machten die Jungen halt und setzten sich auf einen Findling am Wegesrand. Sie flüsterten aufgeregt miteinander und schienen in bester Laune zu sein.

Nach zehn Minuten Wartezeit erhoben sie sich, um vorsichtig zum Forsthaus zurückzuschleichen. Nachdem sie sich vergewissert hatten, daß der Onkel nicht mehr zu sehen war, liefen sie zum Küchenfenster, das an der Rückseite des Hauses zu ebener Erde lag.

„Es war gar nicht so einfach, es unbemerkt zu öffnen“, sagte Klaus, indem er das lediglich angelehnte Fenster aufstieß. „Onkel Siegfried macht doch jedesmal seinen Sicherheitsrundgang durchs Haus, bevor er auf Ansitz geht.“

Wie geschulte Einbrecher stellten die beiden die liebevoll vom „Storchennest“ gefüllte Margeriten-Blumenvase zur Seite, schwangen sich am Fensterbrett empor und tauchten im Dunkel des Hauses unter. Wenig später kehrten sie mit einem großen, in eine Sofadecke gewickelten Gegenstand zurück. Sie hatten alle Mühe, das geheimnisvolle Bündel aus dem Fenster zu hieven. Es war derart sperrig, daß es kaum durch den Raum paßte.

„Die Luft ist rein!" raunte Dirk, nachdem er sich nach allen Seiten umgeschaut hatte. Zu zweit nahmen sie ihre Last und eilten zur Holzpforte. Dort schlugen sie jedoch nicht den schmalen Pfad in Richtung „Schilfkanzel" ein, sondern folgten schnurstracks den Fußabdrücken Onkel Siegfrieds, die dieser im hellen Heidesand zurückgelassen hatte.

Etwa zwei Stunden später: Der „Sauenwildacker" lag still und verlassen in der Dämmerung. Ein alter Rammler knabberte genüßlich an einem Kohlstrunk aus dem Vorjahr, der erneut ausgetrieben war. Ab und zu warf der Hase auf und lauschte zur Kanzel hinüber, von der ein seltsames aber scheinbar harmloses Geräusch an seine Löffel drang.

Onkel Siegfried schnarchte, als ginge es darum, ein ganzes Fuder bestes Eichenstammholz zu zersägen. Der Saubart an seinem Hut erzitterte bei jedem Atemzug wie Espenlaub im Abendwind. Die Repetierbüchse, ein wertvolles Vorkriegsmodell, drohte ihm im nächsten Moment von den Knien zu rutschen.

Da erscholl plötzlich das laute Fiepen einer Ricke. Es kam aus der Fichtendickung unmittelbar neben dem Hochsitz. Onkel Siegfrieds Schnarchen setzte für einen Moment lang aus, der Saubart stand still – doch schon nach wenigen Augenblicken senkte und hob sich wieder der Hut im gewohnten Rhythmus.

Es folgte ein zweites Fiepen; genau von der Stelle, wo der Pirschweg durch die Fichten führte – kurz darauf ein drittes Mal, auffällig lang anhaltend und geradezu aufdringlich.

Onkel Siegfried hob den Kopf und öffnete die Augen. War da nicht eben ein Geräusch gewesen? Schlaftrunken spähte er in alle Richtungen, das Büchsenlicht begann zu schwinden.

Was war das?! Ungefähr 80 Schritt von der Kanzel entfernt stand rechts von ihm auf dem Feuerschutzstreifen ein Stück

Rehwild. Aus langjähriger Waldjagderfahrung wußte er, daß man bei Wild auf Schneisen schnell handeln mußte. Routiniert nahm er den Repetierer an die Wange und schaute durchs Zielfernrohr.

„Donnerwetter!“ durchfuhr es ihn. „Ein Korkenzieherbock! Genauso einer wie mein Schwarzer daheim!“ Und schon ließ er die Kugel fliegen.

Onkel Siegfried meinte, gut abgekommen zu sein. Er hatte die Büchse bereits durchrepetiert und suchte nun mit dem Zielfernrohr die Schneise ab. Der Bock schien wie vom Erdboden verschwunden.

„Wahrscheinlich ist er im Feuer zusammengebrochen.“ Der wackere Förster mochte es nicht glauben. Mit zittriger Hand zündete er sich eine Zigarre an. „Er wird aus der gleichen Familie stammen“, dachte er bei sich, „oder vom selben Magen- oder Darmwurm befallen sein. Egal, Hauptsache ein abnormes und seltenes Gehörn!“

Während er den Rauch durch die Kanzelluken blies, weilten seine Gedanken bereits bei der Jagdausstellung im November. Mit zwei nahezu identischen, schwarzen Korkenzieherböcken würde er sicher für Furore sorgen. Und Forstamtsleiter von Gehbauer ließe dann eventuell doch noch einmal mit sich über eine weitere Eichel auf dem Schulterstück reden . . .

Das Forsthaus lag im hellen Mondschein. Klaus und Dirk saßen auf der Holzbank vor dem Holzschuppen und sahen den Fledermäusen zu, die in halsbrecherischem Flug Nachtinsekten jagten. Da quietschte plötzlich die Gartenpforte, und eine Gestalt tauchte aus dem Schatten der Waldbäume auf. Die beiden Brüder liefen ihrem Onkel entgegen.

„Da bist du ja endlich!“ riefen sie wie aus einem Munde. „Kam der Schuß von dir?“

„Natürlich! Von wem denn sonst!“ knurrte der Alte. „Ihr wißt doch genau, daß ich derzeit keine Jagdgäste habe.“ Er warf ihnen den leeren Rucksack zu und marschierte an ihnen vorüber zum Haus. Mit mürrischer Miene kramte er seinen

Haustürschlüssel hervor. „Es war schon zu dunkel, ich konnte den Bock nicht mehr finden. Morgen früh werden wir ihn holen."

Erst im Jagdzimmer kehrte Onkel Siegfrieds gute Laune zurück. „Bald werden hier zwei von der Sorte stehen", schwadronierte er und trat zu dem Bock am Kamin. „Auf der Trophäenschau werden sie sich wundern! Sie gleichen sich wie ein Ei dem anderen. Ja, ihr braucht gar nicht so zu staunen. Ich habe wieder einen schwarzen Korkenzieherbock geschossen!"

Die beiden Neffen vermochten kaum hinzuschauen, wie ihr Onkel liebevoll die Drehungen des Gehörns abtastete. Unbeirrt fuhrt er fort: „Es war schon fast kein Büchsenlicht mehr. Plötzlich kam mir das vertraute Fiepen einer Ricke zu Ohren: ‚Gleich taucht ein Bock auf', schloß ich folgerichtig und . . ."

So ging es bis weit nach Mitternacht. Als die Jungen endlich die Schlafzimmertüren hinter sich geschlossen hatten, warfen sie sich kopfüber auf ihre Betten und konnten sich vor Lachen nicht mehr halten.

„Er hat nichts gemerkt!" prustete Dirk mit hochrotem Gesicht und Tränen in den Augen. „Was für ein genialer Streich! Das glaubt uns keiner!"

„Einmalig, wirklich einmalig!" erwiderte Klaus, nachdem er sich einigermaßen beruhigt hatte. „Hoffentlich können wir uns auf der ‚Nachsuche' beherrschen. Und dann müssen wir morgen noch unbedingt den Ausschuß verblenden. Das hat doch ein ziemlich großes Loch gegeben. Den Einschuß dagegen habe ich gut hingekriegt."

„Ach – die Ausschußseite ist ja an der Wand. Das sieht so schnell keiner. Aber du hast recht, das sollten wir morgen vor unserer Abfahrt noch regeln." Dirk brach erneut in Gelächter aus. „Wie ein Weltmeister habe ich gefiept, um ihn wachzukriegen. Ich wollte schon an der Kanzel rütteln . . ."

Spät, erst recht spät fanden die beiden Lausbuben in dieser, ihrer letzten Feriennacht in den Schlaf.

Am nächsten Morgen saßen die drei Jäger schon um sieben Uhr am Frühstückstisch auf der Terrasse. Onkel Siegfried wollte früh los, um den Sauen und Füchsen wenig Gelegenheit zu lassen, seinen Bock anzuschneiden. Außerdem kündigte sich wieder ein heißer Tag an, das Wildbret drohte so rasch zu verderben.

„Guten Morgen, die Herrschaften!“ flötete Frau Niemeyer noch vom Fahrrad aus, bevor sie am Haselnußstrauch abrupt bremste.

„Sie sind aber heute früh dran“, wunderte sich der Förster.

„Ja, Morgenstund hat Gold im Mund!“ verkündete das „Storchennest“ wohlgelaunt, während sie ihren vom Fahrtwind zerzausten Haardutt zurechtdrückte. „Wie versprochen, fange ich doch heute mit dem Großputz an. Soll ich wie immer im Jagdzimmer beginnen?“

„Hm –“, überlegte Onkel Siegfried. „Ist schon recht. Aber geben Sie acht auf meine Trophäen . . .“

Mit pikierter Miene – sie putzte das Jagdzimmer nun schon seit 23 Jahren – zog sich Frau Niemeyer in das Haus zurück. Unter dem Tisch trafen sich die Füße der beiden Brüder. Wenn das man gutginge.

„Und ihr wollt heute Mittag heim?“ fragte der Onkel seine noch recht müde dreinschauenden Neffen.

„Von wollen kann keine Rede sein“, gähnte Dirk. „Die Schule fängt Montag wieder an, ansonsten wären wir gerne noch etwas geblieben.“

„Na, wenn wir heute den Bock geborgen haben, habt ihr noch einen schönen Abschluß, nicht wahr! Dann wollen wir aber auch langsam los, damit ihr euren Bus nicht verpaßt.“

Zehn Minuten später standen sie bereits gestiefelt und gespornt am Hundezwinger, und Rudi, der Rauhhaardackel, zerrte ungeduldig an dem Schweißriemen, als plötzlich Frau Niemeyer angelaufen kam. Sie war kreidebleich und völlig außer Atem.

„Ich . . . ich kann wirklich nichts dafür!“ stammelte sie, als sie Onkel Siegfrieds krause Stirn sah.

„Wozu können Sie nichts?“

„Seit Jahren habe ich keine Maus mehr im Haus gesehen – und jetzt dieses . . .“ Schluchzend schaute sie zu Boden.

„Was – beim Heiligen Hubertus – ist denn nun passiert?“ Rudi begann zu kläffen, und die Jungen traten von einem Bein aufs andere. Onkel Siegfried würde gleich der Kragen platzen.

Das „Storchennest“ holte tief Atem: „Als ich den Bock zur Seite stellte, um besser fegen zu können, sah ich die Bescherung. Da haben doch diese wiederlichen Nager ein großes Loch in den Brustkorb vom Bock gefressen. Genau dort, wo das Herz sitzt . . . Und das muß ausgerechnet mir nach all den Jahren noch passieren . . .“ Beschämt hielt sie sich die Küchenschürze vors Gesicht.

Onkel Siegfried stand still und starr wie eine Säule. Sein Blick war in die Weite gerichtet, dorthin, wo hinter alten Eichen und hohen Kiefern in etwa der „Sauenwildacker“ lag.

Scheinbar ohne jede Gemütsbewegung sagte er leise, aber unmißverständlich: „Kommt mit ihr beiden! Das wollen wir uns einmal genauer anschauen!“

Fremde Federn

Arnold Pingel biegt in den Feldweg ein, der geradewegs zum Fortmüller-Hof führt. Er trillert fröhlich ein Liedchen. So ein Tag, so wunderschön wie heute . . . oder so ähnlich.

Nebel hat sich rings um ihn auf die Maisstoppeln gelegt, es ist kühl geworden. In der Ferne schlägt eine Kirchturmuhr siebenmal.

Arnold Pingel rückt seine schwere Last zurecht und lauscht in die hereinbrechende Nacht. Da waren Stimmen, laute lärmende Stimmen.

„Das Lachen wird euch noch vergehen", murmelt er vor sich hin und muß kichern. Voller Stolz blickt er auf seine Jagdtasche. „Man gut, daß ich zwei Galgen mitgenommen habe. Die Biester wiegen ganz schön . . ."

Arnold Pingel beschleunigt seine Schritte, und die Stimmen vor ihm werden lauter. Wenig später tauchen vier Gestalten im Nebel auf. Lautstark palavernd marschieren sie ebenfalls in Richtung Dorf. Die Flinten und Jagdtaschen kennzeichnen auch sie als Jäger.

Keuchend erreicht er endlich die Gruppe. Den vieren verschlägt es die Sprache, als sie Arnolds Galgen sehen.

„Mensch, was hast du denn da?" fragt der junge Fortmüller endlich. „Das sind ja mindestens 30 Tauben!"

„Da staunt ihr, was!?" strahlt Arnold Pingel. Atemlos hält er seinen vier Jagdfreunden die prall behangenen Galgen unter die Nase. „Aber laßt sie uns zu Hause bei Licht zählen. Jagdkönig bin ich doch sowieso, oder?!"

Verlegen wenden sich die vier ab und grummeln beschämt „Weidmannsheil". Mit einem derartigen Ausgang dieses Tages hatte keiner von ihnen gerechnet.

Heiliger Hubertus! Dieser schmächtige, unscheinbare, zu allem untaugliche Arnold Pingel, dem jeder Flintenschaft zu lang, jeder Abzug zu schwer ist, soll tatsächlich Jagdkönig sein!? Unglaublich! Noch beim letztjährigen Taubenjagdtag hatte derselbe Pingel nicht eine einzige Taube erlegt und mußte wie üblich das Faß Bier spendieren. Das kann heute nicht mit rechten Dingen zugegangen sein . . .

Während sich die fünf dem nächtlichen Dorf nähern, fallen dem angehenden Jagdkönig die Mühen und Plagen der letzten Wochen ein. Es hat also doch geklappt. Obwohl er sich einen derartigen Triumph niemals hätte träumen lassen. Und das kam so . . .

Arnold Pingel hat sich auf diesen Jagdtag vorbereitet, als ginge es um die Weltmeisterschaft im Trap- oder Skeetschießen. Sogleich nach Erhalt der Einladungskarte kramte er seine Doppelflinte aus der Kommodenschublade und machte Anschlagsübungen – bis die Deckenlampe klirrend zu Boden fiel. Also verlegte er sein Training auf den stadtnahen Tontaubenschießstand. Abend für Abend schoß er seine Flintenläufe heiß. Wenn er dann spät abends nach Hause kam, schmerzten sein rechter Arm und seine rechte Schulter derartig, daß er sich sein Abendbrot mit der linken Hand schmieren mußte.

Doch Arnold Pingel blieb hart und unnachgiebig – auch wenn der Erfolg ausblieb. Die Tontauben erwiesen sich als zu rasant oder zu klein und taten sich viel zu rasch im hohen Gras des Schießplatzes nieder.

Es gab keinen Tag bis zu jenem Oktobersonnabend, an dem man ihn nicht beim Übungsschießen antraf. Unter keinen Umständen wollte er, daß sie ihn wieder als schieß- und jagduntaugliche Jammergestalt verspotten und verhöhnen. Ihn, den armen Arnold Pingel, der schon wegen seines niedrigen Wuchses und seiner starken Brillengläser nicht gerade das Idealbild eines jungen Mannes darstellte. Er wollte es ihnen beweisen, seinen rauhbeinigen Jagdfreunden aus der Heide, mit denen er noch vor wenigen Jahren die Schulbank gedrückt hatte.

In den letzten Jahren waren Arnold Pingel diese Taubenjagden zu einem Greuel geworden. Daß er ständig als Schütze mit der niedrigsten Strecke das Bier spendieren mußte, ärgerte ihn weniger als die gemeinen Anspielungen und Witzeleien beim anschließenden Leeren des Faßes. Es ließ ihn noch immer schamrot werden, wenn er an das vergangene Jahr dachte. Seine lieben Freunde trieben es nach der letzten Jagd so weit, daß sie zu fortgeschrittener Stunde Arnold Pingel die Brille vom Kopf stahlen und ihn, der ohne Sehgestell blind wie ein frisch gesetztes Kaninchen ist, mit einer demontierten Klobrille in der Dorfkneipe hochleben ließen. Die Schmach und Pein, die er in jener Nacht über sich ergehen lassen mußte, hatten sich in seinem Kopf eingeprägt wie die Beschußstempel auf dem Lauf seiner Flinte. Durch eine gute Leistung wollte er sie am kommenden Jagdtag ausradieren, ins Gegenteil umkehren und vielleicht als Jagdkönig am Abend gefeiert werden.

Paff, paff – wieder daneben! Die Tontaube fiel „ungeschoren" ins nasse Gras. Arnold Pingel wischte sich die Regentropfen von den Brillengläsern und lud seine Waffe von neuem. Er stellte sich schußbereit und gab die Taube mit einem „Fertig" frei. Paff, paff – der zweite Schuß hatte ein pfenniggroßes Stück von der Scheibe abgesplittert. Seufzend ließ der Schütze die leeren Patronenhülsen aus den Läufen fahren. Seine Zeit war um. Am nächsten Morgen sollte es ernst werden. Ob ihm Diana hold sein würde?

„Was für ein himmlischer Tag!" murmelte Arnold Pingel gegen das Abteilfenster, als der Zug am nächsten Morgen die Kleinstadt verließ. Er mußte die Augen zusammenkneifen, denn die Morgensonne spiegelte sich tausendfach in den taufrischen Wiesen und Äckern. Die ersten Tauben strichen vorbei und ließen sich auf den abgeernteten Feldern nieder. Wehleidig schaute Arnold Pingel ihnen nach. Er strich beschwörend mit der Hand über das Gewehrfutteral auf seinen Knien, in dem an diesem Morgen neben seiner Flinte auch all seine Hoffnungen steckten.

Bereits zwei Bahnstationen vor seinem Bestimmungsort erhob sich der nervöse Jäger von seinem Sitz. Er setzte sich den mit einer Erpellocke geschmückten Jagdhut auf, hängte sich das Gewehr und die Jagdtasche über die Schultern, um draußen im Gang aufrecht die Ankunft abzuwarten.

Als der Zug eine Viertelstunde später auf dem ländlichen Bahnhof hielt, wurde Arnold Pingel bereits von Heinrich Fortmüller erwartet. In dessen Vaters Eigenjagd sollte die Taubenjagd stattfinden. Ein alter VW transportierte die beiden rasch ins benachbarte Heidedorf, wo auf dem Fortmüller-Hof schon die übrigen Jagdgäste auf die Letztankömmlinge warteten.

Nach Vater Fortmüllers allgemeiner Begrüßung und dem Verteilen der Stände und Pirschbezirke zogen sich sein Sohn Heinrich, Arnold Pingel und drei weitere Jungjäger von den Senioren zurück. Es ging darum, den diesjährigen Verliererpreis für den erfolglosesten Schützen zu vereinbaren.

„Na, Arnold! Hast du dieses Jahr wieder einen Nichtangriffspakt mit den lieben Tauben geschlossen?“ flachste Hubert, der ewig laute Bauernsohn vom Nachbargehöft.

„Und daß du nicht wieder auf Amseln schießt, das mach lieber im Urlaub in Italien!“ gab Post-Peter unter dem Gekicher der anderen von sich. Arnold Pingel fand das gar nicht komisch.

„Ihr werdet schon sehen!“ konterte er tapfer, ohne zu ahnen, wie recht er mit diesem Ausspruch behalten sollte.

Nachdem wiederum ein Faß Bier als Verliererpreis festgelegt worden war, trennten sich die fünf Jungjäger und begaben sich zu ihren zugewiesenen Ständen.

Noch bevor Arnold Pingel den kleinen Kiefernbusch inmitten von Wiesen und Feldern erreicht hatte, hörte er schon die ersten Schüsse seiner Nebenleute. Aufgescheuchte Tauben strichen vorbei, allerdings viel zu hoch, um einen Schuß anzubringen. Arnold Pingel schaute ihnen nach und wünschte sich ein baldiges Wiedersehen. Darauf begab er sich schnellen Schrittes in das Wäldchen. Er suchte sich einen geeigneten Platz, von dem er einen guten Einblick in die Kronen der Bäume hatte. An einen Kiefernstamm gelehnt, beobachtete er konzentriert den wolkenlosen Herbsthimmel, während aus sicherer Entfernung ein paar Eichelhäher lauthals die Ankunft des unerwünschten Eindringlings verrieten.

Da ertönte aus den nahen Feldern, die bereits zum Nachbarrevier gehörten, eine Salve von Schrotschüssen. Sicher war man auch dort der Aufforderung des Hegerings gefolgt, an diesem Tag verstärkt Tauben zu bejagen. Wenngleich eine zünftige Hühnerjagd manchem Jäger und besonders den Vierbeinern bei solch malerischem Herbstwetter genehmer gewesen wäre.

„Seltsam, daß die im freien Feld so gut zu Schuß kommen", murmelte Arnold Pingel verwundert und wandte sich wieder seinen Kieferkronen zu.

Er verspürte bereits die ersten Anzeichen einer Genickstarre, als er plötzlich ein Sausen über sich vernahm – ein kurzer Flügelschlag, dann wiederum Stille.

Sein Puls dröhnte ihm in den Ohren. Er vergaß für einen Moment das Atmen und starrte angestrengt in die Wipfel der umstehenden Kiefern. Gleichzeitig suchte der rechte Daumen den Sicherungshebel der Flinte. Er lauschte, doch über ihm blieb alles still. Nur das leichte Rauschen der Kiefernkronen war zu hören.

Arnold Pingel konnte keine Taube entdecken, so sehr er auch seine Augen bemühte. Doch er gab nicht auf. Vorsichtig löste er sich von seinem Kiefernstamm, um ein besseres Sichtfeld zu bekommen. Doch wie sagt man: Die Taube hat auf jeder Feder ein Auge. Und dagegen war auch die gute Brille unseres Jägers machtlos. Mit lautem Flügelschlag strich eine Taube aus jener Kiefer ab, an deren Stamm Arnold Pingel gelehnt hatte. Er riß zwar noch die Flinte an die Wange, die Taube jedoch war schon hinter den Baumwipfeln verschwunden.

Der Rest des Morgens verlief ähnlich. Etliche Tauben fielen in das Wäldchen ein, bemerkten rasch den ungeschickt hantierenden Jäger und strichen mühelos von dannen. Vereinzelt wurde ihnen eine Schrotgarbe nachgesandt, die jedoch wirkungslos im Geäst hängenblieb.

Mittags traf sich die Jagdgesellschaft auf dem Fortmüller-Hof: Es gab Erbsensuppe mit Bauchfleisch. Eine stattliche Anzahl

Tauben war bereits gestreckt worden, und Arnold Pingel war der einzige Schütze ohne Weidmannsheil. Am liebsten wäre er im Boden versunken und nicht wieder aufgetaucht.

Während des Essens begannen die Anspielungen von neuem. Arnold solle doch die Munitions- und Energieverschwendung einstellen, schlugen ihm seine Freunde vor. Statt dessen könne er am Nachmittag schon das Faß Bier besorgen. Gekränkt zog sich Arnold Pingel frühzeitig vom Mittagstisch zurück und suchte wiederum seinen Kiefernhorst auf. In seiner Verzweiflung beschloß er, wenn er am Abend nicht mindestens drei Tauben am Galgen hängen hätte, wollte er nicht zum Fortmüller-Hof zurückkehren. Er würde sich dann zu Fuß zum Bahnhof durchschlagen, um so der Erniedrigung zu entgehen. Eine Ausrede würde ihm schon einfallen, und das Faß Bier könnte er später immer noch schicken.

Aber noch standen der Nachmittag und der Abend bevor. Arnold Pingel hatte seinen alten Stand an der Kiefer noch nicht erreicht, als er keine 30 Schritte vor sich einen taubengroßen Vogel in einer trockenen Birke entdeckte. Er wagte noch einige behutsame Schritte und hielt sich die Hand über die Brillengläser. Der Vogel blieb regungslos. Vorsichtig entsicherte er seine Flinte und nahm sie in Anschlag. Doch dann kam ihm Diana zu Hilfe. Denn noch bevor er den Finger krümmen konnte, strich der Vogel plötzlich ab. Über einer Lichtung verharrte er einige Sekunden, waagerecht in der Luft stehend und mit den Schwingen schlagend, um dann wie ein Pfeil zu Boden zu schießen.

„Ein Turmfalke!“ schluckte Arnold Pingel und rückte seine Brille zurecht. Geknickt schlich er zu seiner alten Kiefer, verfluchte sich, den Turmfalken und die Tauben.

Der übrige Nachmittag verlief ohne nennenswerte Zwischenfälle. Scharen von Tauben fielen wiederum in den Kiefern ein, ließen sich beschießen und strichen gelassen ab. Es schien sich unter ihnen bereits herumgesprochen zu haben, daß sie in diesem Wäldchen nichts zu befürchten hatten.

Lediglich eine Taube blieb zurück. Ein starkes Habichtweibchen hatte sie geschlagen, noch bevor sie die rettenden Kronen der Kiefern erreichen konnte. Der Greif hatte seine Beute gerade glücklich auf dem Waldboden gelandet, als er vom Geschrei Arnold Pingels aufgeschreckt und verscheucht wurde. So wechselte die Taube ihren Besitzer.

Kurz vor Sonnenuntergang machte sich Arnold Pingel auf den Weg. Ihm war ein etwa 500 m entfernter, direkt an der Reviergrenze liegender Birkenwald für den Abend zugewiesen worden. Dieser Taubenschlafplatz bot ihm die letzte Gelegenheit, der einen kümmerlichen Taube an seinem Galgen ein paar Artgenossen hinzuzufügen. Doch des Jägers Stimmung war ähnlich seinem Munitionsvorrat nahe dem Nullpunkt.

Die Sonne verschwand gerade hinter den Dorfteichen in der Ferne, als Arnold Pingel sich unter einem mächtigen Holunderbusch postierte. Es waren nur wenige Minuten vergangen, da vernahm er plötzlich Motorengeräusche, die sich rasch näherten. Wie er durch das lichte Unterholz beobachten konnte, kamen auf dem Waldweg, der als Reviergrenze diente, drei Fahrzeuge heran – zwei Pkws, gefolgt von einem Traktor mit kleinem Anhänger. Kurz darauf hielt die kleine Kolonne, und den Fahrzeugen entstieg ein halbes Dutzend Grünröcke. Arnold Pingel erkannte in ihrem Wortführer den Pächter des Nachbarreviers, einen korpulenten Bauunternehmer, der lautstark seinen Jagdgästen die Taubenschlafplätze zuwies.

„Und du“, rief er dem Traktorfahrer zu, „paß gut auf unsere Strecke auf. Wir sind spätestens in einer Stunde zurück.“

Verärgert über die Störung wollte Arnold Pingel sich gerade in den Birkenwald zurückziehen, als ihn das Wort „Strecke“ aufhorchen ließ. Sein Puls begann zu rasen, seine Gedanken überschlugen sich. Er starrte auf den kleinen Anhänger, keine fünfzig Schritte von ihm entfernt, und malte sich dessen Inhalt aus. Die kleine Jagdgesellschaft war noch nicht im Schatten der Bäume untergetaucht, als Arnold Pingels Plan bereits feststand. In freudiger Erregung wartete er noch zehn Minuten, befreite sich dann von Flinte und Jagdtasche und schlich auf Zehenspitzen davon.

Inzwischen war die Dämmerung hereingebrochen. Eine Singdrossel schimpfte laut über den Traktorfahrer, der sich neben sein Fahrzeug ins Gras gelegt hatte. Er hatte sich eine Pfeife angesteckt und blies dösend Rauchkringel in die Luft.

Arnold Pingel hatte mittlerweile einen kleinen Bogen geschlagen und pirschte von hinten an den Wagen heran. Es handelte sich um einen einachsigen Viehwagen, dessen hintere Klappe entfernt worden war. Nach wenigen Schritten stand Arnold Pingel hinter dem Anhänger. Was für ein herrlicher Anblick! Da lagen sie vor ihm, lieblos zu einem kleinen Haufen aufgetürmt. Doch es war keine Zeit zu verlieren. Das Tageslicht verschwand schnell. Er wollte gerade nach den erlegten Tauben in dem Wagen greifen, da ließ ihn ein Knallen zusammenschrecken. Ein zweiter Schuß folgte. Die Taube war sicherlich entkommen.

Hastig grub Arnold Pingel seine Hände in den Federhaufen vor sich und nahm, soviel er tragen konnte. Den Anhänger als Deckung benutzend, trug er seine Beute in Sicherheit. Bei seinem Gewehr angelangt, zählte er elf fette Ringeltauben. Grinsend strich er mit der Hand über ihre Gefieder und flüsterte: „Wenn schon, denn schon . . .“

Arnold Pingel schlich ein zweites Mal zu dem Streckenwagen. Es war bereits so dunkel geworden, daß er den Traktorfahrer im Gras nur noch erahnen konnte. Auch die Pfeife schien erloschen. Sicherlich schlief der gute Kerl, um beim abendlichen Gelage wieder fit zu sein.

Wiederum belud sich der nächtliche Dieb mit erlegtem Flugwild, um noch ein drittes und letztes Mal zum Wagen zurückzukehren. Er konnte sich ungestört bedienen. Stockfinster war es schließlich unter dem Holunderbusch, als Arnold Pingel umständlich seine Galgen belud.

„Dieses hier müssen Jungtauben sein“, murmelte er und zog die letzten Schlingen zu. Es war Eile geboten. Jeden Moment konnte die kleine Jagdgesellschaft zurückkehren und den Verlust bemerken. Die übrigen Tiere faßte er an den Ständern, hing sich Gewehr und Tasche um und schlich sich davon. –

Als Arnold Pingel eine Viertelstunde später auf die vier Freunde trifft, ist die Überraschung perfekt. Er könnte jauchzen vor Freude, während die anderen mißmutig dahinstapfen. Andere Jagdgäste, die auf dem Heimweg zu dem kleinen Trupp stoßen, beglückwünschen den scheinbar verkannten Jungjäger, der stolz den Triumph genießt.

Auf dem Gehöft erwartet sie bereits der Jagdherr mit den übrigen Gästen im Scheine der Hoflampe. Eine stattliche Anzahl Tauben ist erlegt worden, dazu ein Eichelhäher und eine Bisamratte. Während Arnold Pingel seine Beute ablädt, geht ein anerkennendes Gemurmel durch die Anwesenden. Sofort beginnen seine Freunde mit dem Zählen der Tauben. Inzwischen schüttelt ihm der alte Fortmüller mit einem „Weidmannsheil“ die Hand.

„Was ist denn das?“ ruft plötzlich Hubert, der bei der Strecke hockt. „Und da noch eins! Wie kommen denn die zwischen deine Tauben?“

Mit einem Schlag ist es mäuschenstill. Nur der Hofhund kläfft, wütend über die vielen Fremden in seiner Nähe.

Arnold Pingel spürt, wie seine Knie anfangen zu zittern. Alle Augen sind auf ihn gerichtet. Krampfhaft sucht er nach einer Erklärung, einer schnellen Ausrede. Doch sämtliches Blut scheint seine Gehirnzellen verlassen zu haben. Es hat sich in seinem hochroten Gesicht gesammelt, während er mit großen Augen auf die beiden Rebhühner in Huberts Händen starrt.

„Eigentlich waren heute nur Tauben und Raubzeug freigegeben“, hört er hinter sich den alten Fortmüller. „Oder bist du etwa im Nachbarrevier versehentlich mit auf Hühnerjagd gegangen?“

Arnold Pingel schluckt. „Das kann ich . . . kann ich erklären“, stammelt er und schaut verlegen zu Boden. Doch in diesem Augenblick unterbricht ihn ein Auto, das auf den Hof gefahren kommt. Ihm entsteigt ein korpulenter Bauunternehmer, dessen grimmiger Blick sicher nicht nur dem Hofhund gilt, der ihm um Haaresbreite ein Stück aus der Kniebundhose gerissen hätte.

Auf Elchjagd

„. . . verursachte der Eindringling aus dem Norden beim Überqueren der Bundesautobahn Lübeck/Hamburg eine Massenkarambolage, an der 14 Kraftfahrzeuge beteiligt waren. Der Elch selbst konnte anscheinend unverletzt entkommen. Nach Expertenmeinung wird der kapitale Schaufler (400–500 kg Lebendgewicht), seinem Instinkt folgend, eine alte Wanderroute durch den Sachsenwald benutzen, um von dort weiter in Richtung Süden über die Elbe zu ziehen. Mit dem Einverständnis der Polizei wurde der bei uns in freier Wildbahn nicht lebensfähige Elch aus Sicherheitsgründen von den Jagdbehörden in Kiel zum Abschuß freigegeben. Das bei ähnlichen Vorkommnissen eingesetzte Narkosegewehr hat sich bei dem sehr scheuen Tier als untauglich erwiesen."

Henning Borstinger läßt die Zeitung auf den Frühstückstisch sinken und schaut seine Frau an.

„Was sagst du dazu, Ilse?! – Eine Elchschaufel fehlt mir noch in meiner Sammlung."

Doch Ilse scheint gar nicht zugehört zu haben. Vertieft in die Tageszeitung kaut sie unverdrossen an ihrem Brötchen weiter und bemerkt auch nicht, wie ihr werter Gatte die Küche verläßt, um zu telefonieren.

Am selben Abend sitzt Jagdpächter Borstinger am Steuer seines nagelneuen Geländewagens und lenkt ihn in die Pappel-Chaussee, die das Dorf und den Sachsenwald eher durch Schlaglöcher als durch Asphalt verbindet. Auf dem Beifahrersitz neben ihm sitzt der hagere, lang aufgeschossene Gero Weidemann, dessen Gliedmaßen kaum Platz in dem Kleinwagen finden. Als angehender Lehrer absolviert er gerade sein Referendariat an der örtlichen Volksschule.

Auch er trägt wie Borstinger warme Ansitzkleidung. Wenn alles gut geht, wird er im nächsten Frühjahr die Jägerprüfung bestehen. Daher ist er dankbar über jede praktische Erfahrung, die ihm neben dem allwöchentlichen Kursus in Wald und Flur geboten wird. Und in Henning Borstinger hat er einen erfahrenen Lehrmeister.

„Na, vielleicht können Sie in Ihrem Lehrgang demnächst eine interessante Geschichte erzählen“, prahlt der schwergewichtige Jagdpächter und grunzt amüsiert. „Nur schade, daß Sie Ihren Fotoapparat nicht dabei haben.“

„Ja, meinen Sie denn wirklich, daß der Elch ausgerechnet durch Ihr Revier wechselt?“ fragt zaghaft der junge Mann.

„Genau das meine ich!“ Mit dem Daumen deutet er auf die Büchse im Fond des Wagens. „Ihr schnitze ich heute Nacht noch eine Kerbe in den Schaft – wenn ich Weidmannsheil haben sollte!“ Er schüttelt seinen Bauch vor Lachen, der bis an das Lenkrad reicht. – „Aber Spaß beiseite. Auf diese Gelegenheit haben mein Repetierer und ich schon lange gewartet. Sie müssen wissen, Weidemann, durch mein Revier führt ein uralter Wanderpfad der Elche, die, von einer starken Kraft getrieben, meist im Herbst Skandinavien den Rücken kehren, die Ostsee durchqueren, um irgendwohin in den Süden zu ziehen. Forschungen haben ergeben, daß . . .“

Lehrmeister Borstinger setzt seinen ausgedehnten Vortrag auch noch flüsternd auf dem Pirschpfad fort, bis er abrupt vom Duettgezeter eines Eichelhäherpaares unterbrochen wird. Nunmehr schweigend erreichen die beiden Männer kurz darauf ihren Hochsitz, der als spätere „Elchkanzel“ in die Geschichte eingehen soll.

Für einen Oktoberabend ist es ausgesprochen mild. Ein warmer Wind zieht durch die Sichtluken des Hochsitzes, zwischen dessen Pfosten das herbstlich gelbe Laub eines Birkenbusches leise raschelt.

„Nehmen Sie einen Schluck, das beruhigt die Nerven“, flüstert Henning Borstinger nach seinem Rundumblick mit dem Fernglas.

„Schnaps?!“ – Der Junglehrer verzieht das Gesicht, nimmt dann aber doch den Flachmann, um sich einen Hieb zu genehmigen.

„Ein herrliches Plätzchen, nicht wahr!“ schwärmt der Jagdpächter. Voller Stolz weist er mit der Hand auf die ausgedehnten Weiden, die nur von schmalen Ausläufern des Sachsenwaldes, einigen verwilderten Feuchtwiesen und dem Moorgraben unterbrochen werden.

„Wenn ich ein Elch wäre, wüßte ich schon, wohin mich meine Läufe trügen. Diese sumpfige Wildnis dort unten ist doch der ideale Elchbiotop. Wie Sie vielleicht noch nicht wissen, Weidemann, ist . . .“

Zusammengekauert auf seinem Sitzbrett lauscht der Angesprochene geduldig den Ausführungen seines Begleiters. Ihm ist nicht gut. Schnaps verursacht bei ihm stets ein heftiges Sodbrennen. Es ist doch wirklich schwer, ein richtiger Jäger zu werden.

In der nächsten Stunde registrieren die beiden Augenpaare einen Hasen, eine Ricke mit Kitz – letzteres, beschließt Borstinger, wegen seiner außerordentlichen Schwäche demnächst zu erlegen – und einen Fischreiher, der mit einer unglücklichen Bauchlandung an einer Aufstauung des Moorgrabens einfällt. Es wird bereits dämmrig. Trotz der relativ hohen Temperaturen bildet sich ein Dunstschleier über den Wiesen, der die Zaunpfähle zu skurrilen Gestalten werden läßt. Die Zeit des Zwielichts ist angebrochen.

„Da – da bewegt sich was!“ flüstert aufgeregt Gero Weidemann, während seine zittrigen Hände das Fernglas in der Fensterluke auflegen. „Es ist groß – und diese Statur . . .“

Henning Borstinger nimmt seelenruhig sein Glas vor die Augen und späht zu dem Feldgehölz hinüber, das sein Begleiter im Visier hat. Hinter einem Holunderbusch bemerkt er einen dunklen Fleck auf der Wiese, der dort vorher nicht gewesen ist, da ist er ganz sicher. Und dieser Fleck ist lebendig, hat vier Beine, einen Rumpf, dazu einen Kopf, der ins Gras gebeugt ist.

„Wahrhaftig!“ ächzt er unvorsichtig laut. „Diese Läufe, dieser Stich – jetzt kann ich sogar das Haupt erkennen. Wenn das nicht eine typische Elchlippe ist, dann . . . und diese Lauscher . . . nur die Schaufeln?! – Sehen Sie die Schaufeln, Weidemann?"

„Die sind gewöhnlich hell", antwortet forsch der Jungjäger, dem schon die Augen vom intensiven Starren brennen. Aufgeregt rutscht er mit seiner Lederhose auf dem Sitzbrett hin und her. „Ich kann sie auch nicht ausmachen, aber dazu ist es wohl schon zu dunkel. – Da, er wendet sich wieder um! Gleich wird er hinter den Bäumen verschwunden . . ."

Noch ehe er seinen Satz beendet hat, kracht neben ihm der Schuß. „Ich habe ihn gerade noch erwischt!" nickt der Schütze selbstbewußt. Nachdem er die durchrepetierte Waffe auf seine Knie gelegt hat, greift er wiederum zum Fernglas. Plötzlich steht ihm der Schweiß des Jagdfiebers auf der Stirn. „Vielleicht ein Stück zu weit nach hinten", räumt er ein, „aber bestimmt mitten drauf!"

„Wer hätte das gedacht!" stammelt Gero Weidemann, immer noch die Wiese mit dem Glas absuchend. „Nichts zu sehen, der wird im Feuer liegen. – Mensch, Herr Borstinger, das glaubt mir keiner . . ."

„Tja, Weidemann, das ist das Schöne am Jägerdasein, es steckt voller Überraschungen!" Und selbstlos fügt er hinzu: „Aber eigentlich habe ich nur meine Pflicht getan."

Nach einem weiteren Schluck aus der Schnapsflasche zieht er sein silbernes Zigarrenetui aus der Gesäßtasche und zündet sich feierlich eine dicke Havanna an. Mit dem Qualm bläst er einer hartnäckigen Mücke den Garaus, bevor er fortfährt: „Wir werden gleich zum Anschuß gehen und uns die Sache anschauen. Zum Glück habe ich eine Taschenlampe im Wagen. Es wäre zu riskant, bis morgen mit der Bergung des Stücks zu warten. Zu groß ist die Zahl der Neider und Mißgünstigen unter den Jägern."

Als die beiden Männer eine Viertelstunde später den Zaun am Feldgehölz überklettern, ist es rabenschwarze Nacht. Mit Hilfe der Stablampe finden sie schon bald ungewöhnlich große Fährten im Gras, von denen Gero Weidemann mit Sicherheit zu wissen glaubt, daß sie nicht in seinem Jägerlehrbuch zu finden sind. Sie folgen diesen Fährten und gelangen kurz darauf an eine Stelle nahe dem Holunderbusch, wo das Gras auf großer Fläche heruntergetreten ist.

„Hier muß es gewesen sein!“ murmelte Henning Borstinger und kniet sich in das feuchte Grün. Sein Begleiter will sich gerade ebenfalls über den Lichtkegel am Boden beugen, als plötzlich lautes Stampfen und Schnaufen die Nacht erfüllt. Zu Tode erschrocken dreht sich der Lehrer um, wird aber im nächsten Moment unsanft umgestoßen. Etwas Weiches und Warmes hat ihn derart an der Schulter getroffen, daß er über Borstinger hinweg im Gras landet.

Ein erneutes Stampfen ist zu hören, und ein zweiter, weitaus größerer Schatten taucht vor ihren Füßen auf. Atemlos richtet der tapfere Jagdpächter seine Taschenlampe auf die beiden Ungeheuer.

„Mein Gott!“ entfährt es ihm.

„Das kann nicht wahr sein“, läßt fast gleichzeitig Gero Weidemann verlauten. „Diese Statur, die langen Läufe . . . diese Elchlippe . . .“

„Und Schaufeln sind in der Tat nicht zu erkennen!“ setzt Borstinger kreidebleich fort.

„Zum Glück daneben geschossen!“

Erleichtert springt der Junglehrer auf die Beine und reicht seinem Lehrmeister die Hand. In diesem Moment macht das Fohlen kehrt und verschwindet lustig wiehernd mit seiner Stute im Dunkeln der Nacht.

Der Weihnachtsbraten

Es war Weihnachten – der Morgen des 24. Dezember. Ein Spatzenschwarm stob lärmend durchs Dorf. Ihnen schien das Wetter nicht zu passen, das in der Nacht eine Handbreit Schnee gebracht hatte. Es erschwerte die Futtersuche.

Die Wolken waren inzwischen verzogen, und es klarte zusehends auf. Was für ein Weihnachtswetter!

Als die Spatzen auf dem Reetdach des Tierarztes Sengpiel einfielen, wurden sie von den ersten Sonnenstrahlen erreicht. Das wärmte und tat gut. Jedoch schon bald meldeten sich die kleinen Mägen. Man rüstete zum Aufbruch.

Aber bevor sich der Schwarm auf das Vogelhäuschen unten im Hof stürzen konnte, wurde er zurückgeschreckt. Es tat sich etwas unter den beiden Linden vor dem Haus. Schnee spritzte auf, Hundegekläff war zu hören. Anka, die Deutsch-Drahthaarhündin, zog ihre Runden. Sie hatte guten Grund. Stefan, der 14jährige Sengpiel-Filius, stand in Ausgehmontur bereit. Man wartete nur noch auf den alten Herrn.

Als dieser endlich, mit Flinte und Jagdtasche ausgerüstet, in der Tür auftauchte, überschlug sich Anka vor Freude im Schnee. Vater Sengpiel setzte seine Pfeife ab und ließ Anka gegen seinen fülligen Bauch springen.

„Bis zum Mittagessen sind wir sicherlich zurück“, rief er seiner Frau im Hause zu, bevor er die Haustür schloß. Er gab Anka einen Klaps an die Kinnlade: Es konnte losgehen!

Kaum hatten die drei das Hoftor passiert, da ließ sich die hungrige Spatzenschar auf dem Vogelhäuschen nieder. – Zum Mißfallen der weißen Katze im Wohnzimmerfenster.

Das Revier begann direkt hinter dem Haus. – dort, wo sich der Heckenweg in die Feldmark zieht. Der alte Sengpiel lud auch sogleich seine Flinte. Die Fasanen rücken im Winter immer näher ans Dorf. Und denen galt es an diesem Weihnachtsmorgen auf Wunsch der Hausfrau und Köchin. Ein

Fasanenhahn sollte an jenem Nachmittag in der Bratröhre schmoren und am Heiligen Abend den Festschmaus bilden.

Es war schon jahrzehntelange Tradition bei den Sengpiels, daß der Weihnachtsbraten erst am „Heiligen Morgen“ gestreckt wurde. Selbst in der „waffenlosen“ Nachkriegszeit sind der alte Sengpiel und sein bereits verstorbener Vater diesem Brauch treu geblieben. Nie hatte es in dem niederwildreichen Revier Probleme gegeben, rechtzeitig ein Stück Wild für den abendlichen Festmahlstisch zu strecken.

In diesem Jahr war wieder einmal ein Fasan an der Reihe. Im letzten Jahr ist es ein Hase gewesen, davor ein Stockerpel. Und Fasane gab es in diesem Winter genügend. Es sprach also alles für einen herrlichen Jagdtag.

Gut gelaunt stapften die drei über die Holzbrücke an der Erlenwiese, auf der schon in den frühen Morgenstunden ein Fuchs seine Spur geschnürt hatte.

Die Erlenwiese war ihr erstes Ziel. Ein mit Erlen und Birken aufgelaufenes ehemaliges Weideland. Fachkundig begannen Anka und Stefan mit ihrer Arbeit, gefolgt vom schußbereiten Vater Sengpiel. Kreuz und quer, aber nie zu weit entfernt vom Schützen, stöberten die beiden durchs Buschwerk. Anka mit nahezu waagerechtem Hals und nach vorn gestrecktem Haupt, Stefan gebückt und mit hochgeschlagenem Kragen, damit ihm der Schnee von den Bäumen nicht in den Nacken rutschen konnte.

Alsbald flitzte ein Kaninchen durch den Schnee, dicht gefolgt vom Jagdhund. Jedoch der Zeigefinger blieb gerade, und der Hund wurde zurückgepfiffen. Heute sollte es ja ein Fasan sein . . . Mmh! Fasanenbrust in Morchelsahne. Dem alten Sengpiel lief das Wasser im Munde zusammen. Mit Rosenkohl und hausgemachten Spätzle. Dazu ein 78er Beaujolais . . . Doch zunächst mußte die wichtigste Zutat dieses Gerichts beschafft werden: ein Fasanenhahn!

Die Erlenwiese wurde noch einmal zurückgetrieben. Aber mehr als ein weiteres Kaninchen sprang dabei nicht heraus. Vater Sengpiel schulterte seine Flinte und rief Sohn und Hund herbei.

„Hier sind auch heute noch keine Geläufe zu sehen, nicht wahr?“ fragte er Stefan.

„Nein! Ist ja seltsam. Gestern noch habe ich hier drei Hennen einfallen sehen.“ Er schnäuzte sich die Nase. Das Treiben hatte ihn angestrengt. Sein wohlgerundetes Gesicht, das dem des Vaters nicht viel nachstand, zeigte bereits die ersten Schweißperlen.

„Sie stecken sicher drüben im Schilf. Laßt uns dort hingehen.“ Stefan nickte, schob seine Mütze wieder in die Stirn und folgte Vater und Hund.

Am Rande des Schilfes stand eine Fasanenschütte. Sie wurde zunächst inspiziert. Es war noch reichlich Mais und Kaff vorhanden. Die beiden Sengpiels hatten sie erst gestern beschickt. Denn gerade über die Festtage sollten die Fasanen und die wenigen Rebhühner, die es noch gab, einen gedeckten Tisch vorfinden.

Für einen Hahn jedoch war die Schütte zum Verhängnis geworden. Anka vermeldete seine Rupfung nur wenige Schritte im hohen Schilf.

„Jaja, der Habicht!“ nickte der alte Sengpiel mit dem Kopf. „Aber – frohe Weihnacht auch für dich.“

„Anka steht vor!“ unterbrach ihn da Stefan. Doch bevor die Flinte von der Schulter war, brach mit lautem Flügelschlag ein Fasanenhahn aus dem Schilf in die Höhe. Schnee spritzte auf, Anka stieß ins Leere, und Vater und Sohn schauten regungslos dem Vogel nach. Dieser flog schnurstracks zur Erlenwiese hinüber und fiel dort ein.

„Donnerwetter, was für ein kapitaler Hahn“, staunte Vater Sengpiel und leckte sich die Lippen. „Der paßt ja kaum bei Mutter in die Bratröhre!“

Die Flinte landete wieder auf seiner Schulter.

„Den holen wir uns!“ Er hob wichtigtuerisch den Finger. „Hast du das dunkle Gefieder und die hellen Schwungfedern gesehen? – Wahrscheinlich ein Phasianus mongolicus, zu deutsch: Mongolfasan. Die gibt es hier recht selten.“ Stefan nickte und bewunderte seinen Vater. Sie marschierten zurück in Richtung Erlenwiese.

„Mutter wird sich freuen!“ Stefan stellte sich die festlich geschmückte Tafel vor, auf der am Abend der riesige Hahn fürstlich auf der Bratenplatte thronen würde. Er stand seinem Vater im lukullischen Bereich nicht viel nach.

„Wir müssen vorsichtig vorgehen, damit uns der Hahn nicht ins Nachbarrevier abstreicht.“ Vater Sengpiel blieb stehen und kramte seine Pfeife hervor. „Er scheint gerade erst zugewandert zu sein, sonst hätten wir ihn bestimmt schon einmal an einer Fütterung gesehen. Wahrscheinlich kommt er aus dem Revier von Heinrich Burmeister.“

Er mußte grinsen. „Unser Futter ist eben doch das beste.“

Endlich hatte er die Pfeife in Brand und prüfte den Wind. Ein Schlachtplan war schnell geschmiedet.

„Du umgehst mit Anka die Erlenwiese und treibst dann vom Dorf auf mich zu. Ich bleibe hier auf halbem Weg zum Schilf, wohin der Hahn sicherlich zurückstreichen wird. Eine andere Möglichkeit bleibt ihm nicht.“

Stefan und Anka machten sich auf den Weg. Vater Sengpiel hockte sich neben einen dicken Zaunpfahl in den Schnee, die Flinte entsichert in beiden Händen. Er war ein guter Schütze und traute sich einen sicheren Weitschuß zu, wie er in dieser Situation eventuell zu erwarten war.

Alsbald betraten Sohn und Hund die Erlenwiese und begannen mit der Suche. Doch es passierte zunächst nichts. Eine Amsel stieg schimpfend auf und verschwand in Richtung Dorf.

Die beiden hatten die Buschwiese schon nahezu durchgedrückt, als Vater Sengpiel „aufwarf“. Entlang den Zaunpfählen kam etwas direkt auf ihn zugelaufen. Groß und stolz und mit riesigen Schritten. Der Hahn! Was für ein Prachtexemplar.

Vater Sengpiel wurde unruhig und fingerte an der Flinte. Er würde doch nicht auf einen Infantristen . . . Nein! – Er hielt es mit der Weidgerechtigkeit. So wartete er noch einen

Moment und sprang dann mit einem riesigen Satz hervor. Jedoch der Hahn, der keine 20 Schritt vor ihm verhoffte, dachte gar nicht daran, in den Winterhimmel zu steigen, um sich dort abschießen zu lassen. Mit weiten Sätzen ließ der Langschwanz die Zaunpfähle hinter sich, beschrieb einen Bogen über die schneebedeckte Wiese und tauchte im Schilf unter.

Vater Sengpiel klappte seinen Mund wieder zu.

„Alle Achtung!" murmelte er kopfschüttelnd.

„Ein verdammt schlauer Kerl!" Er winkte Stefan und Anka herbei. „Aber jetzt erst recht!"

Abermals wurde das Schilf angegangen. Abermals stand Anka bereits nach wenigen Schritten wiederum vor. Kaum war Vater Sengpiel in schußgerechter Position, da polterten auch schon zwei Hähne fast gleichzeitig in die Luft. Besser konnten sie einem Jäger gar nicht kommen. Jeder halbwegs gute Flintenschütze hätte hier eine Doublette geschossen. Doch Vater Sengpiels Finger blieb gerade. Er ließ die Flinte sinken und salutierte. Erstaunt schauten ihn sein Filius und der Jagdhund an. „Warum hast du nicht geschossen?"

„Das war er nicht. Das waren zwei magere Junghähne. Die sind noch nicht reif. Heute will ich nur den einen." Stefan seufzte und ahnte Schlimmes. Er kannte den Dickkopf seines Vaters.

Die Jagd ging weiter. Kaninchen spritzten durch den Schnee, ein Hase schlüpfte Stefan durch die Beine, Fasanen, Hennen wie Hähne, stiegen in die Höhe – aber er war nicht dabei.

Vater Sengpiel schob seinen Hut in den Nacken und wischte sich den Schweiß von der Stirn. Im Dorf hörte man die Kirchturmuhr schlagen. Durch die Schneelandschaft gedämpft, trotzdem gut vernehmbar. Sie schlug elfmal.

Zum Mittagessen wollte man zurück sein, hatte man der Hausfrau versprochen. Da sollte der Hahn bereits gerupft und in Speckscheiben gewickelt in der Speisekammer ruhen. Wie jedes Jahr hatte die besorgte Mutter Sengpiel auch dieses Mal vorgeschlagen, einen Tag eher, also am 23. Dezember, auf Weihnachtsbratenjagd zu gehen. Doch Tradition sei Tradition, hatte ihr Mann geantwortet und ließ sich nicht überreden.

Auch jetzt versuchte sein Sohn Stefan vergebens, ihn umzustimmen und nun hier im Schilf endlich einen anderen Hahn zu strecken. Es gäbe ältere und feistere genug. Vater Sengpiel wies als Antwort mit dem Finger auf den Bruchwald, der an das Schilf angrenzt.

„Hier muß er reingewechselt sein. Also hinterher."

Der Bruchwald war recht tückisch. Hohes Gras verbarg einen morastigen, mit Tümpeln durchzogenen Grund. Die wenigen begehbaren Stellen waren bei Schneelage schlecht zu erkennen, und der Frost war bisher noch nicht stark genug gewesen, einen tragfähigen Eisgrund zu bilden.

„Da läuft er!" Stefan zeigte aufgeregt nach vorn. An einer Lichtung sahen sie den kapitalen Hahn in eine am Boden liegende Baumkrone schlüpfen.

„Ruhig, ruhig", flüsterte Vater Sengpiel, dabei war er nervöser als sein Sohn.

„Nimm Anka bei Fuß! Jetzt haben wir ihn!"

Der Hahn machte keine Anstalten, sein sicher geglaubtes Versteck zu verlassen. Er drückte sich ins Geäst und verhielt sich ruhig. Noch schien er nichts von der drohenden Gefahr zu ahnen, die da in Gestalt von zwei Zwei- und einem Vierbeiner auf ihn zugeschlichen kam.

Plötzlich hörte er es krachen – nein, kein Schuß, sondern berstendes Eis. Eine Jungenstimme schrie, ein Hund bellte – und das alles nur einen Steinwurf von seinem Schlupfwinkel entfernt. Das wurde dem Hahn zu bunt. Er wählte den Hinterausgang aus dem Braken und empfahl sich.

„Du solltest doch hinter mir bleiben", schimpfte Vater Sengpiel laut. Sein Kopf zeigte eine hochrote Färbung. „Jetzt ist er weg!"

Er half seinem Sohn auf die Beine. Der Unglücksrabe war in ein Wasserloch eingebrochen. Zum Glück war es nicht tiefer als des Jungen Gummistiefel hoch, so daß er trockene Füße behielt.

„Es tut mir leid", murmelte er kleinlaut.

„Papperlapapp!" Vater Sengpiel war noch immer unwirsch. Er schaute in die Richtung, in die der Hahn verschwunden war. „Es hilft nichts, wir müssen hinterher."

Eine wilde Verfolgungsjagd begann. Durch Dickungen, über Äcker und Wiesen, über Gräben und Zäune. Der Hahn war immer einen Tick schneller oder raffinierter als seine Verfolger. Er lief oder strich so geschickt, daß er nie in Schußentfernung geriet. Trotzdem schoß der arme Vater Sengpiel zweimal auf den in 60 bis 70 m Entfernung abstreichenden Hahn, natürlich ohne Erfolg. Er mußte halt Dampf ablassen . . .

Freundlicherweise blieb der Fasan im Revier und wechselte nicht zu Heinrich Burmeister hinüber. Über die Festtage wollte sich der schlaue Langschwanz das köstliche Weihnachtsangebot in Vater Sengpiels Schütten sicherlich nicht nehmen lassen.

Jedoch auch der raffinierteste Hahn macht einmal einen Fehler. So kam es – es war schon weit nach Mittag, und die Sonne neigte sich bereits kräftig gen Westen –, daß der Hahn sich in ein Dornengestrüpp verkroch, um dort in Ruhe den Heiligen Abend abzuwarten. Dieses Dornengestrüpp beherbergte aber nun dummerweise einen Fuchsbau, aus dem gerade eine Fähe ausfuhr. Erstaunt über die Dreistigkeit des Vogels wollte sich der Fuchs gerade auf den Leckerbissen stürzen, als dieser im letzten Moment davonschwirrte. Einige Federn und ein Angsthäufchen Gestüber blieben zurück.

In der Aufregung vergaß der Hahn seine früheren Verfolger und flog diesen direkt in die Arme – aber Vater Sengpiel war zu langsam. Er verhedderte seine Flinte im Riemen der Jagdtasche, fluchte Stein und Bein und rutschte auch noch aus, als er sich in Schußposition bringen wollte. Nun saß er da, rittlings im Schnee. Er verstand die Jagdwelt nicht mehr. Sohn Stefan und der Hund hockten sich zu ihm. Alle drei waren abgekämpft, müde und hungrig.

„Er ist rüber zum Fischteich“, hechelte Vater Sengpiel. „Der letzte Versuch! Sonst gibt es eben Bockwürste heute abend.“

„Die arme Mama . . .“

„Also los! Auf zum letzten Gefecht.“

Der Fischteich war umgeben von Brachland mit hohem Kraut, Binsen und einigen Weiden. Mit weit heraushängender Zunge beschnüffelte Anka jeden Busch. Bedächtig umkreiste sie die Grashorste, um sich Wind zu holen. Vater Sengpiel folgte mit der Flinte in den durchgefrorenen Händen. Mit der Sonne und der Stimmung der Jäger war auch merklich die Temperatur unter den Nullpunkt gesunken.

Sohn Stefan hielt sich vorsichtshalber zurück, um nicht wieder irgendwo einzubrechen oder sonstwie hinderlich zu sein.

„Hier muß er doch stecken“, hörte er seinen Vater. „So ist brav, mein Hund. Ja – such voran!“

Sie näherten sich dem Teich, dessen dünne Eisschicht mit Schnee bedeckt war. Der Hund wurde unruhig, er hatte etwas in der Nase. Vater Sengpiel hielt die Flinte höher. Der Hahn mußte in die Luft, ihm blieb keine andere Wahl. Auf das Eis würde er sich nicht wagen.

Doch genau dies tat er. Anka hatte die Uferböschung noch nicht erreicht, da lief der große Gockel los. Für den Hund gab es nun kein Halten: Ein mächtiger Satz, ein Krachen, und Anka war im eisigen Naß.

Das erschreckte den Hahn so sehr, daß er mit lautem Flügelschlag losflog und wütend krächzte. Auf diesen Moment hatte der alte Sengpiel den ganzen Tag lang gewartet. Ein wohlgezielter Schuß –, und der tapfere Hahn fiel mausetot vom Himmel.

Anka stand tropfnaß am Ufer und kläffte freudig. Vater Sengpiel ließ einen Stoßseufzer los. Stefan nahm den Hund an der Halsung, denn dieser wollte gerade seine Pflicht des Apportierens erfüllen. Drei Augenpaare schauten hinüber zum anderen Ufer. Dort lag der tote Fasan auf dem dünnen Eis.

Rasch wurde eine junge Erle gekappt und mit dem Messer entastet. Mit diesem Stock begann die mühsame Bergung der Beute. Anka mußte angeleint werden, weil sie immer wieder versuchte, auf das Eis zu gehen. Aber endlich, endlich – im fernen Dorf läuteten bereits die Kirchenglocken zur ersten Weihnachtsmesse – hielt Vater Sengpiel den Festtagsbraten in den Händen.

„Da, der hat ja einen Ring!“ rief Stefan, noch ganz außer Atem.

„Das ist aber seltsam.“ Vater Sengpiel machte sich am Ständer zu schaffen und konnte schließlich den Plastikring öffnen. Heraus kam ein Stück Papier, auf dem zu lesen war:

Institut für Wildbiologie
und Jagdkunde
VERSUCHSFASAN

Diesem Fasan wurden im Rahmen der Versuchsreihe BESO 5 Hormone injiziert. Wir bitten um umgehende Einsendung des unversehrten Tieres. Vor dem Genuß des Wildbrets wird gewarnt.

Mit der Bitte um Verständnis:

Vielen Dank!

Schwein gehabt

Ein regnerischer Samstag Anfang November. Dunkelheit und Dunst beginnen das kleine Dorf zu schlucken. Automatisch schalten sich die Straßenlaternen an, die unruhig im Abendwind schaukeln. Es herrscht Grabesstille. Lediglich das Fauchen zweier Kater ist zu hören, die hinter Frieda Kurres Hühnerstall um die Gunst einer Katzenschönheit buhlen.

Da dringt ein neues Geräusch durch den Nebel. Ein Auto biegt um den Kirchberg und hält direkt vor der „Linde“. Zwei junge Männer springen heraus und laufen durch den Regen ins Gasthaus. Krachend fällt die schwere Eichentür hinter ihnen ins Schloß.

Schlachtergeselle Wolfgang und Landwirtssohn Fritz betreten die Gaststube. Mißmutig bemerken sie, daß Indianer-Joe an ihrem Stammtisch über einem Glas Bier hockt. Doch ein kurzer Blick genügt, und der zahnlose alte Mann zieht sich an die Theke zurück.

Die beiden Neuankömmlinge bestellen je ein „Rezept“ – Korn und Bier – und machen es sich an ihrem Tisch bequem. Über die Rübenernte, die Fußballbundesliga und den Scheunenbrand in der letzten Nacht gelangen sie schließlich zum Gesprächsthema Hubertustag.

„Am Mittwoch, oder?“ vergewissert sich Wolfgang.

„Ja, ja – aber wir Treiber haben bei diesem Sauwetter nichts zu lachen“, schimpfte Fritz, indem er sich fröstelnd schüttelt. „Dafür gibt es abends wenigstens etwas Anständiges für Leib und Seele.“

„Bregenwurst und Grünkohl“, gähnt der Schlachter gelangweilt. „Aber soll das wieder alles sein?! Die letzten Jahre war auf den Hubertusjagden so gut wie gar nichts mehr los.“

„Seitdem die Sauen fort sind!“

„Genau! In den letzten fünf Jahren ist nicht eine einzige Wildsau geschossen worden. Wie öde! – Was war das früher für ein Spaß, wenn Schwarzkittel im Treiben waren." Fritz bestellt zwei weitere „Rezepte" und zwei Zigarren.

„Kannst du dich noch an die Riesenrotte im Wolfsgrund erinnern, die auseinanderstob wie ein Bienenschwarm? War das ein Geknalle . . ."

„Und wie der Keiler Indianer-Joe über den Haufen gerannt hat. Ich glaube, der träumt heute noch davon." Beide krümmen sich vor Lachen.

Indianer-Joe hat seinen Namen fallen hören und schaut mißtrauisch in die Runde.

„Was die nur wieder aushecken", murmelt er vor sich hin, während er sich die juckende Narbe an der Stirn reibt. Sie ist das unrühmliche Andenken an den Keiler vom Wolfsgrund.

„Tja, damals war noch was los zu Hubertus", prostet Fritz seinem Gegenüber zu.

„Na ja, Hase, Fuchs und Fasan sind auch nicht gerade schlecht."

„Nee, nee! Über Sauen geht nichts drüber. Wenigstens ein Schwein könnte sich doch mal wieder zu uns verlaufen."

„Stimmt!" nickt Wolfgang gedankenvoll. „Eine einzige Sau würde schon genügen."

Beide starren in ihr Bier und schweigen. An der Theke stimmt Indianer-Joe ein Lied an. „Schwarzbraun ist die Haselnuß, schwarzbraun bin auch . . ."

„Ich hab's!" fährt Fritz dazwischen. Er beugt sich über den Tisch und beginnt zu flüstern: „Schwarzbraun ist die Farbe der Wildsauen, die wir uns so sehnlichst für die Hubertusjagd wünschen. Doch im Busch gibt es keine mehr. Rosa ist die Farbe der Hausschweine, die wir hier im Dorf zuhauf haben. Also müssen wir einfach . . ." Fritz beendet seinen Satz nicht, sondern nickt lediglich bedeutungsvoll mit dem Kopf. Er wartet auf eine Reaktion seines Freundes, doch Wolfgang läßt sich Zeit. Mit großen Augen und bereits leicht verschleiertem

Blick schaut er Fritz an. Dann fällt plötzlich der Groschen, und er tippt sich mit dem Zeigefinger an die Stirn. „Gar nicht so dumm . . ."

Ein intensives Getuschel und Flüstern beginnt zwischen den beiden Freunden. Zeitweise müssen sie ihre Bäuche halten vor Lachen und ziehen so ungewollt die Aufmerksamkeit der anderen Gäste auf sich. Im nächsten Augenblick jedoch verfallen sie in geheimes Getue und blicken verstohlen über die Schultern.

„Na, die beiden denken sich bestimmt mal wieder eine kleine Schweinerei aus", brummt der Wirt vergnügt und stellt Indianer-Joe ein neues Bier hin. „Weißt du noch, was sie im letzten Sommer mit den Enten vom Pfarrer gemacht haben? Einfach köstlich!"

„Ja, ganz großartig war das", antwortet Indianer-Joe nach einem kräftigen Schluck aus dem Bierglas. „Und nun ist es mal wieder soweit. Das sieht man an ihren Nasenspitzen, jawohl, an ihren Nasenspitzen." Mit einem zweiten Schluck leert er das Glas und knallt es laut auf den Tresen.

Drei Tage später, am späten Dienstagabend vor Hubertus, geschieht Merkwürdiges auf dem Behre-Hof. Im fahlen Schein der Hoflampe kann man für einen Moment zwei Gestalten erkennen, die sich im Schutze der Mistkuhle in Richtung Schweinestall schleichen. Sekunden später ertönt ein leises Knarren. Vorsichtig wird die Stalltür geöffnet, und schon sind die beiden hinter ihr verschwunden.

„Die Taschenlampe!" flüstert aufgeregt der eine.

„Moment!" – Im nächsten Augenblick trifft ein greller Lichtstrahl ein erschrockenes Gesicht.

„Bist du verrückt!" zischt der angestrahlte Fritz. „Leuchte auf den Boden! Man kann uns sonst von draußen sehen."

„Ich denke, dein Vater ist auf der Jagdvorstandssitzung." Wolfgang wirkt ebenfalls gereizt.

„Ja, aber Mutter braucht nur aus dem Küchenfenster zu sehen, dann könnte sie das Licht im Stallfenster entdecken. –

Ich bin sowieso dagegen, eins von unseren zu nehmen. So kriegen sie sofort heraus, wer das Ding gedreht hat."

„Mann, Fritz! Unser Risiko ist schon groß genug. Sollen wir uns etwa auf einem fremden Hof beim Diebstahl erwischen lassen?! – Dein Vater wird doch überhaupt nicht merken, daß eins fehlt."

„Da kennst du ihn aber schlecht. Wir mögen zwar momentan über 100 Stück haben, aber er kennt jede Stallbesetzung haargenau."

Wolfgang wird ungeduldig. „Also los! Welches nehmen wir?"

Fritz läßt sich die Taschenlampe reichen und leuchtet den Gang hinab. Aus den Schweineboxen dringt verärgertes Gegrunze über die nächtliche Ruhestörung.

„Dort hinten!" Die beiden schleichen den Gang entlang und bleiben schließlich vor einer niedrigen Holztür stehen.

„Die hier haben die richtige Größe und sind quicklebendig." Langsam öffnet Fritz die Boxentür und leuchtet hinein. Im Stroh vor ihnen liegt ein halbes Dutzend schon recht großer Ferkel. Einige blinzeln verschlafen in das störende Licht, andere lassen sich in ihrer Nachtruhe nicht stören und bleiben regungslos.

„Die ideale Überläufergröße", meint Wolfgang. Er greift in seine Jackentasche und holt zwei gekochte Kartoffeln heraus.

„Igitt, die eine ist schon ganz matschig!" Schnell wirft er sie vor die Schweine in den Stall. Wenig später ist Geschmatze und Gequieke zu hören. Weitere Kartoffeln folgen. Als dann ein Schwein neugierig an der Stalltür auftaucht, greifen die beiden jungen Männer zu. Fritz hat sofort einen Lappen zur Hand und umwickelt damit die Schnauze des sich nur kurz zur Wehr setzenden Tieres. Gekonnt hält Schlachter Wolfgang das Borstenvieh in seinen starken Armen, während Fritz nun auch noch die Beine fesselt.

„Das Bündel ist geschnürt. Schade, für ein Spanferkel ist es leider schon etwas zu groß."

„Los, weg von hier", drängt Fritz zur Eile. „Wir müssen fertig sein, bevor mein Vater heimkehrt."

Im Schatten der Hofeichen geht es mit der schweren Fracht zum etwas abseits gelegenen Treckerschuppen. Hier warten bereits zwei Pinsel und ein Eimer mit dunkelbrauner Holzschutzfarbe auf das arme Schwein. Umständlich beginnen die beiden Freunde mit ihrem Malwerk.

„Wir hätten Maler-Heinz engagieren sollen", flucht Wolfgang. „Das ist ja eine Sauarbeit!"

Endlich ist das Ferkel mehr schlecht als recht getüncht. Sie legen es behutsam in eine mit Stroh ausgepolsterte Holzkiste.

„Sieht doch hervorragend aus", freut sich Fritz. „Aus einer gewissen Entfernung wie die reinste Wildsau. Aber jetzt ab damit ins Auto und hinaus in den Busch."

Problemlos verstauen sie die schwere Kiste im Kofferraum des bereitgestellten Pkw. Als sie das Hoftor passieren, streifen sie beinahe den gerade von der Jagdvorstandssitzung nach Hause torkelnden Fritz Behre senior. Der kann sich eben noch mit einem beherzten Satz in die Brennesseln am Wegesrand retten. Laut schimpfend und den Handstock schwenkend schaut er dem davonrasenden Auto nach.

Am Uhlenstein, tief im Wald, gibt es Sandsteinfelsen, von denen einige sogar die hohen Fichten und Buchen überragen, so riesig sind sie. Am Fuße dieser Felsen plätschert beschaulich ein Bach, der sich in vielen Windungen durch den Grund schlängelt. An seinen Ufern sorgen Brombeeren, Tollkirschen und Faulbaum für einen wilden Unterwuchs.

Wolfgang und Fritz stoppen ihr Fahrzeug direkt unterhalb des Uhlensteins, dort, wo die Holzbrücke über den Bach führt. Der Himmel ist klar, und die kalte Luft kündigt einen leichten Nachtfrost an. Gespenstisch spiegelt sich der Mond im glucksenden Wasser des Baches.

„Bist du sicher, daß hier morgen auch ein Treiben stattfindet?" will Wolfgang wissen und schaut sich skeptisch um.

„Klar, genau hier! Ich habe doch den Plan bei meinem Vater auf dem Schreibtisch gesehen. Also komm jetzt!"

Mit der Kiste mühen sie sich ein Stück den Berg hinauf und haben auch bald einen für ihre Zwecke geeigneten Platz

gefunden: einen überhängenden Felsen, umgeben von dichtem Fichtenanflug. Sie schieben die Kiste so weit wie möglich unter den Felsen und bedecken sie mit Moos und Gestrüpp.

„So, nun schlaf ein wenig", spricht Fritz zu dem Schwein. „In ein paar Stunden kommen wir wieder und lassen dich dann frei. Das wird ein großer Tag für dich, und wir werden alle ein Mordsgaudi haben." Kichernd springen sie den Berg hinab und fahren, ohne die Scheinwerfer einzuschalten, heimlich zurück ins Dorf.

Am nächsten Morgen herrscht dichter Nebel, der sich den ganzen Tag halten soll. Zu schwach ist die Kraft der Sonnenstrahlen, um den Schleier aufzureißen und bis auf den Erdboden zu gelangen.

„Man gut, daß es doch nicht gefroren hat", stellt Wolfgang vergnügt fest, während er mit seinem Freund Fritz die Dorfstraße entlangmarschiert. Sie tragen derbe, wetterfeste Treiberkleidung und je einen starken Haselstock in der Faust. „Sonst wäre unser Schweinchen heute morgen gar zu steif und träge und hätte uns den Spaß verdorben."

„Oder es wäre so blau gefroren, daß wir es hätten neu streichen müssen."

Gut gelaunt und scherzend nähern sie sich der „Linde". Dort sind bereits etliche Jäger und Treiber versammelt. Hunde kläffen, ein nervöser Jungjäger bläst bereits sein Horn warm, lautstark begrüßt der Jagdherr die Neuankömmlinge.

Hier klingen die ersten Schnapsgläser aneinander, um das vergessene Zähneputzen nachzuholen. Dort vermischen sich der dichte Nebel mit Zigarrendunst und dem Qualm von Pfeifen. Abgewetzte Lodenmäntel, Armee-Parka und Forstuniformen sind ebenso vertreten wie Gummistiefel, Kanada-Boots und blankgeputzte Knobelbecher. Dazu die Mannigfaltigkeit und Vielzahl der Hüte.

Diese oft eigenwillig verzierten Kopfbedeckungen werden rege gelüftet, um sich zu begrüßen. Herzlichkeiten oder Höflichkeitsfloskeln werden ausgetauscht, man erkundigt sich nach dem Wohlergehen von Hund und Frau.

Nur die Treiber sind ein Häufchen für sich. In kunterbuntem Zeug stehen sie etwas abseits und fingern ungeübt an ihren Rasseln und Klappern. Sie schauen ehrerbietig zu den Flintenträgern hinüber und reden nicht viel. Es gibt ja auch nicht viel Neues zu erzählen, wenn man sich tagtäglich auf dem Feld, beim Schlachter oder in der „Linde“ trifft.

Wolfgang und Fritz haben ihre Flachmänner herausgeholt und wärmen sich innerlich etwas auf. „Auf eine bunte Strecke!“ prosten sich die beiden zu. Vor Vorfreude können sie sich kaum beherrschen.

Zur Zufriedenheit der Anwesenden hält der Jagdherr alsbald eine kurze und bündige Ansprache, deren folgende Worte bei unseren beiden Treibern die größte Aufmerksamkeit erzielen: „...Falls Ihnen unerwarteterweise Schwarzwild kommen sollte, dürfen Sie bei Stücken bis zu 50 kg den Finger krumm machen. Aber ich glaube kaum, daß nach den Erfahrungen der letzten Jahre hier und heute mit Sauen zu rechnen ist. Es wäre zu schön!“ Wolfgang stößt Fritz mit seinem Stock ans Bein, doch dieser mahnt mit einem strengen Blick zur Vorsicht.

Danach werden vom Jagdherrn drei Treiben angekündigt. Zwei am Morgen und eins – ausgerechnet das am Uhlenstein – am Nachmittag. Unsere beiden Freunde schauen sich fragend an und zucken nur mit den Schultern. Hoffentlich hält das Schwein solange durch.

Mit Treckern und Anhängern geht es hinaus ins Revier. Die feuchtkalte Witterung kann die gute Stimmung der Jagdgesellschaft nicht erschüttern, die es sich auf Strohballen bequem gemacht hat.

Das erste Treiben verläuft recht gut. In dem Feld- und Wiesenkessel fallen 7 Hasen, 3 Fasanenhähne und eine Ringeltaube. Im zweiten Treiben kommen ein Jungfuchs und 3 Hasen zur Strecke. Dann ist Mittag.

Auf einer Waldwegkreuzung ist ein Holzfeuer vorbereitet, an dem wiederum Strohballen als Sitzgelegenheit dienen. In dem sich hartnäckig haltenden Nebel sind die mächtigen Buchenkronen nur zu erahnen.

Mit Genugtuung scharen sich Jäger und Treiber um das Feuer. Wolfgang geht seinem Vater zur Hand, der die hausgemachte Fleischbrühe ausgibt. Als er Fritz einen ordentlichen Schlag in die Tasse gibt, flüstert er: „Gleich ist es soweit!" Und lauter: „Köstliche Brühe vom Schwein! Wer will noch mal, wer hat noch nicht? Köstliche Brühe vom Schwein!"

Endlich ist die Mittagspause vorüber und man bricht auf. Das dritte und letzte Treiben ist ein ausgedehntes Standtreiben, mit dem Uhlenstein als Zentrum. Da das Gelände sehr unübersichtlich, zum Teil zerklüftet und mit dichtem Unterwuchs versehen ist, soll hin- und zurückgetrieben werden. In diesem reinen Waldtreiben werden die Schützen auf Wegen und Schneisen fest postiert, bevor die Treiber und einige Hundeführer in breiter Front mit dem Wind angehen.

Unsere beiden Freunde ergattern sich geschickt die Treiberpositionen, die sie zu ihrem Versteck führen. Alsbald wird angeblasen, und die Treiber und Hunde beginnen mit ihrer Arbeit.

Im Gegensatz zu den ersten beiden am Vormittag ist dieses Treiben wahrlich kein Zuckerschlecken. Dornengestrüpp, mannshoher Farn und tropfnasser Unterwuchs erschweren das Durchkommen ebenso wie Felsbrocken und tückische Erdspalten. Doch die Treiberwehr kommt gut voran und verzeichnet keinerlei Ausfälle.

Nach gut einer Viertelstunde ist der Uhlenstein in Sicht. Wolfgang und Fritz geben sich Handzeichen, ihre Nervosität nimmt zu. Immer häufiger müssen sie nun von ihren Nachbarn zurückgerufen werden, um die Linie zu halten.

Dann ist es soweit! Wolfgang kommt in gebückter Haltung auf Fritz zugeschlichen, der vor dem besagten Felsen bereits wartet.

„Du bleibst hier zur Wache. Bin gleich wieder da", und schon ist Fritz hinter den jungen Fichten verschwunden. Wolfgang schaut aufgeregt in die Runde. Wegen des dichten Unterwuchses kann er die Nachbartreiber lediglich hören, jedoch nicht sehen. „Hoffentlich kommt nicht gerade hier irgendein Nachzügler vorbei", denkt sich der Schlachter besorgt.

Im selben Augenblick vernimmt er ein Quieken, und wenig später erscheint freudestrahlend Fritz.

„Alles in Ordnung! Das Schweinchen ist wohlauf und hat vor Freude gleich einen Riesensatz in die Büsche gemacht."

„Hast du auch die Kiste wieder gut versteckt?"

„Na klar! Jetzt aber nichts wie weg von hier."

Sie müssen sich sputen, um den Anschluß an die Treiberkette wieder herzustellen. Zwei Vorstehhunde rasen an ihnen vorbei, zurück in die Richtung, aus der sie gerade gekommen sind.

„Au Backe! Das kann ja heiter werden", faßt sich Wolfgang an den Kopf und ahnt Schlimmes.

„Komm weiter! Die werden unser Schweinchen wenigstens ordentlich auf Trab bringen."

Gerade in dem Moment, als sie zur Treiberkette aufschließen, hören sie in der Ferne den Ruf, der selbst den ausgefuchstesten Jäger vor Jagdfieber erschauern läßt:

„Sauen! Sauen! Ein Schwein nach rechts!"

Sicherlich werden jetzt überall umständlich und hektisch die Brenneke aus dem Butterbrotpapier und anderen Taschenutensilien hervorgekramt und rasch umgeladen. Andere brechen sich beim Umstellen ihres Drillings auf Kugel beinahe den Daumen. Man läßt „billige" Hasen und anderes Niederwild passieren – in der Hoffnung, der Schwarzkittel würde einem vor die Läufe kommen. Die Spannung wächst von Minute zu Minute.

Freudig erregt haben Wolfgang und Fritz ihre Treibertätigkeit wieder aufgenommen. Sie können sich kaum beherrschen und dreschen laut johlend mit ihren Treiberstöcken auf das Unterholz ein. Wird das eine Überraschung! Heute abend in der „Linde" werden sich die Balken biegen.

Plötzlich fällt ein Schuß, gleich darauf ein weiterer – zwei Flintenlaufgeschosse, wie es ein geübtes Ohr herausgehört hätte. Dann folgt ein Kugelschuß, das erkennen sogar unsere beiden Treiber – darauf bleibt es still.

„Das war's wohl“, denkt sich Fritz. „Na, die werden vielleicht Augen machen.“

„Unser Schweinchen wird in die Dorfgeschichte eingehen“, macht sich Wolfgang Gedanken. „Hoffentlich hat es ein schnelles Ende gefunden.“

Die Treiber müssen noch einmal kehrt machen und dasselbe Treiben zurücktreiben. Es fallen noch einige Schrotschüsse, dann wird schließlich abgeblasen.

Die Dämmerung bricht bereits herein, während der Nebel an Dichte zunimmt. Gespannt stapfen unsere beiden Freunde in Richtung Sammelpunkt.

Unterwegs treffen sie auf eine andere Treibergruppe: „Ja, eine Sau ist gefallen!“ weiß der eine von ihnen zu berichten. „Aber gesehen habe ich sie auch nicht, habe das nur aus den Rufen entnommen.“

Als sie zu dem Treffpunkt kommen, tritt ihnen wichtigtuerisch „Obertreiber“ Indianer-Joe entgegen.

„Einen Überläufer! Einen Überläufer nach all den Jahren!“ Er schwenkt, bereits stark alkoholisiert, seinen Treiberstock.

„Du armer Schlucker“, denkt sich Wolfgang amüsiert. „Hast wohl schon wieder zuviel Feuerwasser getrunken und noch gar nicht kapiert, was für einen Riesenstreich wir euch gespielt haben.“

Zaghaft treten Wolfgang und Fritz an die Gruppe Jäger heran, die um ein erlegtes Stück am Boden geschart steht. Die Stimmung ist gelöst, man scherzt und lacht.

„Sollten die etwa noch nicht...“

Unseren beiden Freunden klappt der Mund auf. Das kann doch nicht möglich sein. Was da vor ihnen liegt, ist ein echtes Wildschwein, ein Überläufer par excellence, mit Gebrech und Waffen, mit Borsten und Pürzel und allem, was dazugehört.

„Na, Jungs, da staunt ihr!“ klopft ihnen freundlich der Jagdherr auf die Schulter. „Die erste Sau seit fünf Jahren. Ihr habt prächtig getrieben, dafür gibt es heute Abend eine Extrarunde.“

Betreten ziehen sich die beiden zurück. Fritz holt seinen Flachmann hervor und nimmt einen kräftigen Schluck.

„Von unserem Schweinchen keine Spur."

„Und das, obwohl wir hin- und zurückgetrieben haben."

„Wenn die Hunde es gepackt hätten, hätte man bestimmt etwas gehört." Fritz setzt ein weiteres Mal die Flasche an.

„Dann müssen wir morgen eben zusehen, daß wir das dämliche Vieh wieder einfangen."

„Wenn es überhaupt noch am Leben ist. Aber Schluß für heute, jetzt erst einmal zur Vesper in die ‚Linde'".

Da die Strecke im Dorf verblasen werden soll, besteigen nun alle rasch die Wagen. Wolfgang und Fritz lassen sich deprimiert auf die Strohballen fallen und schweigen sich aus.

Die Traktorfahrer schalten bereits die Scheinwerfer ein, denn die Dunkelheit bricht herein. Trotz des wiederum einsetzenden Nieselregens ist die Stimmung der Gesellschaft – bis auf zwei Ausnahmen – hervorragend. Jeder freut sich auf das warme Mahl, das kühle Blonde und die anschließende Skatrunde.

Da bremst der vordere Trecker abrupt. Vor ihm im Scheinwerferkegel steht etwas mitten auf dem Waldweg. Es versperrt die Weiterfahrt und denkt gar nicht daran, zur Seite zu gehen. Die Jäger, Treiber und Hunde recken ihre Hälse, um zu sehen, was da vor sich geht. Auch Wolfgang und Fritz richten sich auf und schauen nach vorn.

Was sie da sehen, läßt sie wie zwei Steine zurück auf die Strohballen plumpsen.

Vor Kälte zitternd, hungrig, einsam und allein steht ihr Schweinchen auf dem Waldweg und wünscht sich wahrscheinlich nichts sehnlicher als eine Bürste und Wasser, frisches Stroh in einem warmen Stall und eine doppelte Portion Dämpfkartoffeln.

Die Falle

Der Duft von Bregenwurst und Grünkohl behauptete sich zäh unter den Kronleuchtern. Obwohl schon vor gut zwei Stunden abgetragen worden war, konnte Wilhelm Pörschke, der gerade die Wirtsstube betrat, unschwer erraten, was zum traditionellen Schüsseltreiben auf den Tischen gestanden hatte. Er bahnte sich seinen Weg an der von ausschließlich grünbekleideten Männern besetzten Theke vorbei – stolperte über eine Hundeleine, an deren Ende giftig ein Jagdterrier knurrte, und machte dadurch unfreiwillig Bekanntschaft mit einem von Lodenmänteln, Flinten und Hüten völlig überladenen Kleiderständer, den er im letzten Moment gerade noch vor dem Umsturz bewahren konnte.

Schadenfrohes wie auch herzliches Gelächter von der versammelten Jägerschaft war die Folge. „Unser Wilhelm!" schallte es laut von einem der hinteren Tische, an dem vier gestandene Männer schwitzend, mit hochroten Köpfen bei Bier, Korn und Kartenspiel saßen. „Ich hoffe doch nicht, daß der Gute mich schon nach Hause holen will", grinste Bauer Bruns seine Mitspieler an, „dann wird er sich noch ein Weilchen gedulden müssen."

Wilhelm Pörschke atmete erleichtert auf, als er seinen Arbeitgeber und Gönner im dichten Zigarren- und Pfeifendunst erspähte. An dessen Tisch angekommen, beugte er sich mit geheimnisvoller Miene an das Ohr seines Chefs und begann aufgeregt zu flüstern.

Gespannt warteten die drei anderen Weidmänner mit dem Kartenspiel. Wie wichtig mußte die Nachricht sein, daß Wilhelm es wagte, die Runde beim heiligen Doppelkopf zu stören.

„Donnerwetter!" entfuhr es da Bauer Bruns, während seine mächtige Faust krachend zwischen den Karten auf den Tisch schlug. „Das ist aber dreist!" Wilhelm nickte zustimmend und war sichtlich stolz, Überbringer einer derart interessanten Botschaft zu sein.

An den Nachbartischen reckten sich bereits neugierig die Hälse, um auch ja nicht die Neuigkeit zu verpassen – jedoch vergebens! Unser gewichtiger Landwirt pfiff nur leise durch die Zähne und schaute gedankenverloren seine Mitspieler an. Schließlich wandte er sich an Wilhelm: „Ist gut, ich weiß Bescheid. Sag Else, daß ich mich von Schorse nach Hause fahren lasse. Der darf heute nicht trinken...“

Wilhelm machte sich, nachdem er eine Belohnungszigarre erhalten hatte, von dannen.

„Die Karten bitte!“ forderte Bauer Bruns, als ob nichts gewesen wäre. „Wird Zeit, daß der Hase unterm Tisch einen Besitzer erhält!“

Nur mürrisch willigten die Mitspieler ein. Zu gern hätten sie gewußt, welch bedeutende Meldung das Kartenspiel unterbrochen hatte.

„Seit wann hat denn deine Else das Sagen?“ stichelte Dorfschullehrer Menke, während er die Karten neu verteilte. „Ich möchte wetten, daß du heute deinen Diesel nicht hier stehen läßt! Bestimmt wirst du ihn – wie auch sonst immer – auf Schleichwegen nach Hause kutschieren.“

Doch Bauer Bruns hörte gar nicht hin. Er bestellte eine neue Runde Bier und Korn und vertiefte sich stirnrunzelnd in sein „Hochzeitsblatt“.

Gut drei Stunden später, als sich die meisten Tische bereits geleert hatten, griff Bauer Bruns zum letzten Fasanenhahn unter dem Tisch.

„So, der ist jetzt auch meiner!“ frohlockte er und bedankte sich bei seinen griesgrämig dreinschauenden Mitspielern. Nachdem er sich am Nachbartisch beim Jagdherrn verabschiedet hatte, begab sich unser Jägersmann – obwohl am heutigen Abend so mancher Korn und so manches Bier seine Kehle heruntergelaufen waren – festen Schrittes an die Theke, wo bereits sein Neffe auf ihn wartete.

„Tut mir leid, Schorse, daß es so spät geworden ist, aber die Herrschaften wollten partout die Biester nicht rausrücken!" Hierbei hielt er freudestrahlend zwei kapitale Hasen und einen Fasanenhahn in die Höhe.

„Das hat sich für mich aber heute gelohnt, nicht wahr. Bist du jetzt so nett, und fährst mich nach Hause."

„Aber klar doch, Onkel!" antwortete Schorse mit breitem Grinsen und erhob sich von seinem Barhocker. „Mich wundert's nur, daß du plötzlich so einsichtig und vernünftig bist und den Wagen stehen läßt."

„Ich habe meine Gründe", brummte Bauer Bruns und klopfte seinem Neffen auf die Schulter.

„Komm jetzt! Ich erzähl's dir unterwegs."

„Daß du so eisern bist und nichts trinkst!" bemerkte der nun doch leicht wankende Weidmann, als ihnen auf der Wirtshaustreppe die frische Nachtluft entgegenschlug. „Und nur weil du morgen dieses Fußballspiel hast? Aus dir wird nie ein richtiger Jäger!"

„Ja, ja – ich weiß!" lachte Schorse. „Früher warst du bis zum Morgengrauen in der Wirtschaft, bist anschließend sogleich auf den Frühansitz und hast dann – nachdem du den Bock oder den Überläufer zu Hause abgeliefert hattest – mindestens noch drei Tore geschossen."

„Genau! Wir waren damals noch ganze Kerle! Aber vielleicht kannst du ja noch von mir lernen. Vielleicht schon heute Nacht..."

Wenig später saßen die beiden Männer in einem betagten Opel Kadett und steuerten durch die laue Novembernacht. Nebel war aufgekommen und schluckte fast gänzlich die Motorengeräusche. Der Schein der Straßenlaternen erreichte kaum den Asphalt.

„Fahr von hinten auf den Hof; ich möchte nicht, daß man uns kommen sieht!" Ein verdutzt dreinschauender Schorse hob gerade zur Frage an, als ihm sein Onkel durch eine Handbewegung gebot zu schweigen und stattdessen sein Vehikel zu beschleunigen.

Am Dorfende, kurz vor dem Ortsschild, bog der Wagen in einen Feldweg ein. An einem frisch gehäckselten Maisfeld vorbei erreichte er bald die beiden Silos, die bereits zum Bruns'schen Hof gehörten.

„Jetzt nur noch mit Standlicht und im Schrittempo fahren!“ ordnete der Bauer an und schien mit einem Schlag völlig nüchtern. „Da! – Sie sind tatsächlich noch hier!“

Es fehlte nicht viel, und Schorse wäre auf den Polizeiwagen aufgefahren. Der parkte nämlich mitten auf dem Feldweg.

„Was hat das alles zu bedeuten?“ wollte der junge Mann nun endlich wissen, nachdem er sein Auto zum Stehen gebracht hatte. Langsam wurde ihm unheimlich zumute.

„Licht und Motor aus!“ befahl sein Onkel knapp. Er hatte das Seitenfenster heruntergekurbelt und musterte den Polizeiwagen. „Das Auto ist leer, die Vögel scheinen noch in der Falle zu sitzen!“

„Onkel, jetzt mußt du mir aber auf der Stelle erklären...“

„Schon gut, schon gut! Also paß auf...“

Bauer Bruns erzählte nun in knappen Sätzen, welchen Grund Wilhelms Kommen vorhin in der Wirtschaft gehabt hatte: Die Polizei würde ihm auf dem Hof auflauern, um ihn auf diese heimtückische Art und Weise mit Alkohol am Steuer dingfest zu machen – ihn, den ehrenwerten Landwirt und stellvertretenden Hegeringleiter! Sicherlich hatten die Polizisten von der Treibjagd in der Zeitung gelesen und richtigerweise auf ein zünftiges Schüsseltreiben mit anschließendem Umtrunk geschlossen. Daraufhin hatten sie am heutigen Abend den Parkplatz am Wirtshaus inspiziert und sich als Opfer den Bauer Bruns herausgepickt, den sie schon seit längerem auf dem Kieker haben. Und da es nun hier im Ort nahezu unmöglich ist, einen Polizeiwagen in der Nähe der Wirtschaft geheimzuhalten, beschlossen die wackeren Ordnungshüter kurzerhand, den vermeintlichen Übeltäter auf dessen Hof abzupassen.

Nun hatten sie nicht mit Else Bruns gerechnet. Die beobachtete nämlich zufällig, als sie gerade den Hühnerstall schließen ging, wie zwei Polizisten um den Maschinenschuppen schlichen und in der offenen Garage verschwanden. Die kluge Frau zog sofort ihre Schlüsse. Wieder im Haus, suchte sie Wilhelm in dessen Kammer auf, der wegen eines verstauchten Knöchels in diesem Jahr nicht an der Treibjagd hatte teilnehmen können. Minuten später schwang sich der treue Landarbeiter trotz schmerzenden Fußes auf sein Fahrrad und radelte in geheimer Mission ins nächtliche Dorf.

Nach einer kurzen Verschnaufpause fuhr Bauer Bruns fort: „Und nun, lieber Schorse, möchte ich dich bitten, mir zu helfen, die Garage zu schließen. Sie wird heute nicht mehr gebraucht, da ich ja vernünftigerweise mein Auto im Dorf gelassen habe. Wenn ich sie offen lasse, werden mir gar noch die Winterreifen oder das Werkzeug gestohlen. Dann bekäme die Polizei richtige Arbeit... Also hör zu..."

Kurz darauf – der Nebel war zum Schneiden dick geworden – schlichen zwei Männer durch den schmalen Eichenhain auf die Hofstelle zu. Schon bald tauchte vor ihnen der Maschinenschuppen auf, dessen eine Hälfte als Pkw-Garage diente. Seitlich daneben wurde die Silhouette der langen Scheune sichtbar, das Wohnhaus dahinter konnte man nur erahnen. An der Rückseite des Maschinenschuppens angelangt, trennten sich die beiden Männer. Der eine schlich links, der andere rechts um den Schuppen, so daß sie gleichzeitig bei den beiden weit geöffneten Holztüren der Garage ankamen. Wie auf ein Kommando bewegten sich auf einmal die schweren Türen und fielen krachend in den Rahmen. Ein Schlüssel knirschte im Schloß, und schon machten sich die beiden Männer wieder von dannen. Der Nebel schluckte sie ebenso wie das dumpfe Geklopfe und aufgeregte Rufen aus dem Inneren der Garage. –

Der Sonntagmorgen verkündete einen herrlichen Spätherbsttag mit blauem Himmel, Schäfchenwolken und einem frischen Wind. Verflogen war der Nebel der Nacht. Die letzten Eichenblätter lösten sich von den Ästen und landeten auf dem Kopfsteinpflaster des Bruns'schen Hofes.

„Bist du doch mit dem eigenen Wagen gekommen?" fragte Else Bruns ihren Mann verwundert, nachdem sie einen Blick durch das Küchenfenster auf den Hof geworfen hatte. „Die Garage ist ja zu!"

„Aber nein!" brummte der Angesprochene in seine Kaffeetasse. „Ich habe dir doch gesagt, daß der Schorse mich gebracht hat. Die Garage habe ich dann noch zugemacht. Damit mir dort kein ungebetener Gast herumschnüffelt oder gar etwas mitgehen läßt."

Die Bauersfrau nickte verständnisvoll. „Und die beiden Polizisten habt ihr nicht mehr gesehen?"

„Sagte ich doch schon!"

„Zu schade! – Ich hätte gern ihre Gesichter gesehen, wenn sie dich im Auto mit Schorse als Fahrer angetroffen hätten. Anscheinend hatten die beiden nicht genügend Ausdauer." Else Bruns nahm einen ordentlichen Schluck Kaffee und wies mit dem Kopf in Richtung Maschinenschuppen. „Ist ja auch nicht gerade gemütlich in unserer Garage. Die Außenmauer ist wieder den ganzen Sommer über nicht abgetrocknet..."

Bauer Bruns schaute nun auch aus dem Fenster, sagte aber kein Wort.

„Auf jeden Fall hat es nicht geschadet, daß ich dir den Wilhelm geschickt habe, nicht wahr?!"

„Nein, das hast du sehr gut gemacht. – Und jetzt mache ich meinen Rundgang." Er erhob sich schwerfällig von der Küchenbank, griff nach Cordjacke und Hundepfeife und trabte hinaus. Sein erster Gang galt dem Hundezwinger, wo ihn Treff, ein Deutscher Wachtel, freudig begrüßte.

„Na, was macht denn dein Wehwehchen?" fragte er seinen langjährigen Jagdgefährten, während er dessen linken Vorderlauf abtastete. „Das kommt dabei heraus, wenn man sich auf Treibjagden mit anderen Hunden anlegt. Ich hoffe, du ziehst daraus deine Lehren!"

Derweil Bauer Bruns so mit seinem Hund plauderte, kam Wilhelm über den Hof gehumpelt. Er paffte genüßlich an seiner englischen Nußholzpfeife, die ihm sein Brötchengeber letztes Jahr zu Weihnachten geschenkt hatte, und schien guter Dinge.

„Guten Morgen, Chef!“ grüßte er mit breitem Grinsen. „Schöner Sonntag, nicht wahr!“

Bauer Bruns antwortete mit einem bedächtigen Nicken. Dann wandte er sich wieder seinem Hund zu, um ihm eine Zecke vom Behang zu puhlen.

„Ich habe zwei Meldungen zu machen!“ fuhr Wilhelm unbeirrt fort.

Bauer Bruns hob fragend den Kopf.

„Erstens: Hinter dem Maissilo parkt ein Polizeiauto. Die Türen sind verschlossen, von der Besatzung keine Spur!“

„Hm – das ist aber merkwürdig!“ räusperte sich Bruns augenzwinkernd. „Und zweitens?“

„Und zweitens!“ Wilhelm versuchte, es seinem Gegenüber an Bauernschläue gleichzutun: „Als ich vorhin am Maschinenschuppen vorbeikam, hörte ich in der Garage seltsames Gerumpel und Gezeter. Es wird wohl Zeit, mal wieder die Marderfalle auf Vordermann zu bringen.“

Treff jaulte kurz auf, da sein Herrchen versehentlich gegen den verletzten Vorderlauf gestoßen war. „Wenn du meinst... Langsam müßten die Bälge auch gut sein. – Aber laß uns zunächst einmal zu dem Polizeiwagen gehen.“

Behäbig schritten die beiden Männer über den Hof, dessen Kopfsteinpflaster in der Novembersonne dampfte. Sie folgten Treff, der trotz seiner Laufverletzung schon wieder übermütig den Laubblättern nachjagte.

„Laß uns den Aschenweg nehmen“, schlug Bauer Bruns vor. „Am Maschinenschuppen ist es zu modderig. Und ich habe doch heute meine Sonntagsschuhe an...“

Wilhelm begriff und bekundete dies mit einem Grienen.

Also ließen die beiden Männer die Güllegrube wie auch den Maschinenschuppen links liegen, um dem Hauptweg bis zu der Zwillings-Esche zu folgen. Hier bogen sie in einen festen Erdpfad ein, der sie direkt zu den Silos führte.

Der Polizeiwagen stand einsam und verlassen, wie Wilhelm es beschrieben hatte. Vorsichtig umschritt Bauer Bruns das Fahrzeug, spähte durch die Seitenscheiben und befühlte die Motorhaube.

„Bereits völlig abgekühlt“, bemerkte er, „der muß bereits ein Weilchen hier stehen.“

„Die Spuren sind auch nicht gerade frisch“, stellte Wilhelm fest. „Da ist doch hoffentlich nichts Schlimmes passiert?!“

„Na, ich hoffe doch nicht! – Aber es ist wohl das beste, wenn ich mal die Polizeistation anrufe. Vielleicht hat ja jemand den Wagen gestohlen und hier abgestellt...“

Am Telefon meldete sich Hauptwachtmeister Jakob. „Morgen Erwin, hier ist Karl-Heinz. Du, sag mal, vermißt ihr einen eurer Peterwagen? Bei mir hier hinter den Silos steht nämlich einer, und von der Besatzung ist weit und breit nichts zu sehen.“

Keine fünf Minuten waren vergangen, da rasten von verschiedenen Seiten drei Polizeiautos auf den Hof. Bauer Bruns dirigierte sie über den Aschenweg zu den Silos, wo Wilhelm mit ernster Miene Wache hielt. Eine intensive Untersuchung des verlassenen Polizeiwagens begann.

„Die ganze Nacht suchen wir ihn schon“, bekannte Hauptwachtmeister Jakob kleinlaut.

„Hoffentlich ist den beiden Kollegen nichts passiert!“

„Ach – das glaub' ich nicht“, meinte Bauer Bruns trocken. „Bei uns im Dorf herrscht noch Recht und Ordnung.“ Wilhelm mußte sich abwenden, um sein Schmunzeln zu verbergen.

Nachdem der Hauptwachtmeister die Anweisung gegeben hatte, die nähere Umgebung abzusuchen, fuhr er stirnrunzelnd fort: „Ich ahne Schlimmes! Wir werden wohl einen Hubschrauber und eine Hundertschaft anfordern müssen.“ Sein Blick schweifte über die Maisstoppeln zum nahegelegenen Moor. Ihn schauderte: „Ob wir je erfahren, was sich hier in der letzten Nacht zugetragen hat?!“

In diesem Moment erscholl lautes Hundegebell vom Maschinenschuppen herüber. Alle Augen richteten sich auf Treff, der wütend kläffend an dem Garagentor hochsprang. Ohne ein Wort zu verlieren, zog Hauptwachtmeister Jakob seine Pistole, gab einige Handzeichen und setzte sich an der Spitze seines Trupps im Laufschritt in Bewegung.

„Hast recht, Wilhelm!“ sprach Bauer Bruns, als sie ohne Hast und in gebührendem Abstand zu den Ordnungshütern in Richtung Maschinenschuppen folgten. „Anscheinend ist es wirklich Zeit, die Marderfalle hervorzuholen. Und die Garage scheint ein idealer Fangplatz zu sein...“

Winternacht

Die Abenddämmerung liegt über dem Dorf. Von den verschneiten Feldern und Wiesen streicht eisig und scharf ein Ostwind heran. Er fängt sich die Rauchfahnen von den Schornsteinen und jagt sie in dünnen Schwaden den Berg hinauf bis zu dem alten Forsthaus. Dort rüttelt er an den Fensterläden, bevor er an der Hauswand aufsteigt und über das Dach klettert, um schließlich im nahen Fichtenwald unterzutauchen.

Ein Lichtschein fällt durch die geöffnete Haustür auf den Plattenweg. Die Steine sind feinsäuberlich vom Schnee geräumt und lassen deutlich den Schatten einer Gestalt erkennen. Es ist die Frau des Revierförsters, die in einen Umhang gehüllt in der Tür steht. Mit finsterer Miene schaut sie in den Himmel.

„Verfluchter Wind!“ murmelt sie. Die Kälte läßt sie erschaudern. Als die Wolken einen Augenblick aufreißen, bescheint der Mond ihr Gesicht. Es ist erschreckend blaß und von tiefer Traurigkeit. Mit einem Seufzer kehrt die Frau in das Haus zurück und schließt die Tür hinter sich.

„Ist was?“ tönt eine Männerstimme durch die geöffnete Wohnzimmertür in den Flur.

„Nein, nichts!“ antwortet die Frau leise. Und lauter: „Ich glaube, der Himmel klart auf. Dann kannst du doch noch auf den Ansitz.“ Sie hat sich vor den Garderobenspiegel gestellt und wartet auf die Reaktion ihres Mannes. Doch von diesem ist nur ein unwilliges Grunzen und Zeitungsgeraschel zu hören. Enttäuscht greift sie nach der Fliegenklatsche und geht zu der Trophäenwand hinüber. Wie sie diese Staubfänger haßt! Während sie mit der Klatsche ein Spinnengewebe zwischen den Stangen eines Sechserbockes zerstört, wagt sie einen weiteren Versuch.

„Eigentlich könnte ich mal wieder eine neue Fuchsstola gebrauchen."

„Ja, ja!" hört sie ihren Mann antworten. „Heute nicht! Wenn der Wind jagt, soll der Jäger nicht jagen. Hier drinnen zieht's auch schon." Im selben Moment fällt krachend die Wohnzimmertür ins Schloß.

Entmutigt läßt die Frau die Fliegenklatsche sinken. Als sie ihr Spiegelbild in der Glastür des Gewehrschranks betrachtet, befällt sie entsetzliches Selbstmitleid. Wie sie in den letzten Jahren gealtert ist, wie sie gelitten hat. Diesem Alptraum muß ein Ende gesetzt werden und sei es mit Gewalt.

Leise öffnet sie den Gewehrschrank. Da stehen sie aufgereiht vor ihr, die „guten Freunde" und „treuen Kameraden" ihres Mannes. Der 98er Repetierstutzen, der Schrecken der Hirsche und Sauen, der Suhler-Drilling, dem selten ein Fuchs oder Reh entkommen konnten, und die elegante belgische Doppelflinte mit dem englischen Schaft, die die Hasen und Kaninchen nur so purzeln ließ. Mit ihnen hatte er manche schöne Stunde geteilt.

Wütend greift sie nach der Büchse, doch im gleichen Augenblick fährt sie zurück: „Nein, so nicht", denkt sie erschreckt, „ich bin ja nicht dumm. Ich muß bei meinem alten Plan bleiben und Geduld haben."

Nachdem sie den Gewehrschrank wieder geschlossen hat, geht sie in die Küche. Während sie den gefüllten Wasserkessel auf die Herdplatte stellt, dringt aus dem Wohnzimmer die Erkennungsmelodie der „Tagesschau". Noch viel zu früh, denkt sie und läßt sich müde auf einen Küchenstuhl nieder. Vor 22 Uhr geht er nie auf Nachtansitz – falls er überhaupt geht. Und danach sieht es heute gar nicht aus.

Sie zieht eine Schublade des Küchentischs auf und bringt ein kleines Fotoalbum zum Vorschein. Unzählige Male hat sie in ihm in den letzten Jahren geblättert. Es sind die Bilder von ihrer Hochzeit vor 20 Jahren. Er in schicker Forstuniform, noch schlank, adrett und sehr liebenswürdig. Sie in Blütenweiß, bemerkenswert hübsch und voller Lebensfreude. Das Leben lag ihnen zu Füßen. Doch dann . . . Der gewünschte

Nachwuchs blieb aus – ebenso die Versetzung in das Wunschrevier ihres Mannes. Er wurde eigen, das einzige, was ihn noch interessierte, war die Jagd. Und er begann zu trinken.

Hastig blättert sie weiter. Endlich hat sie das Bild gefunden. Es zeigt ausgelassene Hochzeitsgäste – und unter ihnen Dr. Brenner. Gut sieht er aus, und er verehrt sie immer noch, wie sie aus heimlichen Briefen weiß. Er ist Junggeselle geblieben bis zum heutigen Tag – nur ihretwegen. Wohnt allein in einer prächtigen Villa. Drunten in der Stadt, wo das Leben so viel angenehmer ist als in dieser Einsamkeit.

Das Pfeifen des Wasserkessels läßt sie aufschrecken. Ihr Plan! Es muß in dieser Nacht geschehen! Aber wie bekommt man den Mann in einer solchen Nacht auf den Hochsitz?

Mit zittriger Hand gießt sie den Tee in die Thermosflasche und fügt einen kräftigen Schluck Rum hinzu. Nachdem sie sich vergewissert hat, daß ihr Mann noch vor dem Fernseher sitzt, geht sie in das Schlafzimmer. Mit den Schlaftabletten aus dem Nachttisch kehrt sie in die Küche zurück. Während sie die Wohnzimmertür im Auge behält, entleert sie ein halbes Röhrchen Tabletten in die Teekanne. Die verschlossene Flasche schüttelt sie darauf einige Male kräftig und stellt sie auf den Küchentisch.

„Das war der erste Streich . . .“ flüstert sie, indem sie sich die Hände wäscht. „Doch nun . . .“

Da öffnet sich die Wohnzimmertür.

„Was machst du denn noch so spät in der Küche?“ hört sie ihren Mann ruhig fragen.

„Ich mache deinen Tee – für alle Fälle.“

Er ist inzwischen zum Kühlschrank geschlurft und hat sich eine neue Flasche Bier geholt.

Etwas Unverständliches murmelnd, verschwindet er wieder im Wohnzimmer. Sie geht ihm nach, um die leeren Flaschen wegzuräumen. Drei halbe Liter in einer Stunde – wie soll ihm da noch der Tee schmecken? Er hat sich mittlerweile wieder in seinen Ohrensessel zurückgezogen und blättert in einer

Jagdzeitschrift. Im Fernseher läuft eine alberne Komödie. Es geht um Liebe, Untreue und – Mord!

Inzwischen ist die Frau zum Fenster getreten. Sie schiebt den Vorhang ein Stück zurück und schaut angestrengt durch die Scheibe. 11 Grad minus liest sie mit Genugtuung vom Thermometer ab. Das würde reichen. Auch der Mond scheint nun an einem von Wolken leergefegten Himmel. Es ist eine Sünde, heute Nacht nicht auf Jagd zu gehen.

Da klingelt das Telefon.

„Ich gehe schon“, sagt sie und nimmt den Hörer ab. Am Apparat ist die Frau des benachbarten Revierförsters, der erst vor 14 Tagen sein neues Amt in diesem Bezirk angetreten hat. Es handelt sich um eine Einladung für den übernächsten Abend zum Einstands-Essen mit den anderen Kollegen.

„Ja, ich werde es meinem Mann ausrichten, herzlichen Dank! Auf Wiederhören.“ Sie legt den Hörer auf die Gabel zurück und schaut zu dem Ledersessel hinüber. Von ihrem Mann sieht sie lediglich die Arme und Beine.

„Wer war's denn?“ hört sie seine müde Stimme.

„Die Frau des neuen Kollegen vom Nachbarrevier. Sie hat auf Geheiß ihres Mannes angerufen.“

„Und?“

Sie tritt ein paar Schritte näher, um ihren Worten mehr Gewicht zu verleihen. „Heute Nachmittag ist am Falkenfels eine riesige Rotte Sauen aufgetaucht. Der neue Kollege sitzt schon den ganzen Abend draußen. Er war nur kurz zum Abendbrot zu Hause und ist schon wieder los. Du sollst unbedingt nachkommen und dich an deiner Fichtenschonung ansetzen.“ Sie wird kein bißchen rot. Im Gegenteil. Ihre Sätze klingen ausgesprochen überzeugend und ruhig. Sogar ihr müder Mann wird vom Gehörten munter und legt die Zeitschrift beiseite.

„Interessant!“ sagt er, während er sich aus seinem Sessel erhebt. „Doch bei diesem Sauwetter!“ Er geht zum Flur hinaus und öffnet die Haustür. Währenddessen hat sich die Frau einen Sherry eingeschenkt und blättert in der Jagdzeitschrift. Beides zählt nicht gerade zu ihren Lieblingsbeschäftigungen – normalerweise!

„Sauwetter? – Nein! Sauenwetter!“ hört sie ihren Mann entzückt auf dem Flur rufen. „Sternenklar, Mond und kaum noch Wind. – Na, mein Drilling! Wollen wir beide mal wieder hinaus?“ Die Gewehrschranktür wird zugeschlagen. Auch die Frau gerät in Hochstimmung. Übermütig ruft sie laut: „Es sollen über 20 Stück sein!“

Doch er ist schon im Schlafzimmer verschwunden, um sich umzuziehen. Die Frau eilt in die Küche. Die Thermosflasche ist noch an ihrem Platz. Wer sollte sie denn auch genommen haben? Vorsichtshalber schüttelt sie die Kanne ein zweites Mal. In Windeseile streicht sie ihm ein Wurstbrot – mit viel Senf, um seinen Durst auf Tee zu steigern – und wickelt es in geräuscharme Aluminiumfolie. Dann noch schnell die Stiefel und Handschuhe auf die Heizung – die Routine einer Jägersfrau!

„Ob er es vielleicht schmeckt?“ fragt sie sich leise, als sie wieder am Küchentisch steht. Die wachsenden Bedenken beschleunigen merklich ihren Puls. Schließlich öffnet sie die Flasche und gießt sich einen winzigen Schluck in ein Glas.

„Zu sehen ist jedenfalls nichts“, stellt sie erleichtert fest. „Und er riecht lediglich nach Rum . . .“ Vorsichtig nimmt sie das Glas an den Mund.

„Am Falkenfels, sagtest du?“ Vor Schreck läßt sie das Glas zu Boden fallen, wo es laut klirrend zerspringt. Ihr Mann steht in Wollsocken vor ihr und schaut sie kopfschüttelnd an.

„Das kommt davon, wenn man heimlich anderer Leute Tee trinkt. Der ist doch für mich, oder?“ Sie kann nur nicken. Ihr Hals ist wie zugeschnürt. Als sie sich zu den Scherben bückt, beobachtet sie, wie er sorgfältig die Thermosflasche zuschraubt und sie in seinem Rucksack verstaut.

„Hoffentlich ist er nicht wieder so süß wie das letzte Mal.“ Sie antwortet nicht. Nachdem sie die Scherben in den Mülleimer geworfen und aufgewischt hat, geht sie in das Wohnzimmer. Dort schenkt sie sich ihren zweiten Sherry ein. Im Fernseher läuft immer noch die Komödie.

Kurz darauf steckt ihr Mann den Kopf durch die Tür, um sich zu verabschieden. Sie kann nicht aufsehen und nippt aufgeregt an ihrem Glas. Er brummt noch etwas Unverständliches, zwei Türen fallen ins Schloß, dann Stille. Sie hat den Fernseher ausgeschaltet und lauscht. Er ist fort. –

Gut zwei Stunden sind vergangen. Die Wanduhr über dem Sofa schlägt elfmal. Als die Förstersfrau aus ihrem Nickerchen aufschreckt, gleitet ein Buch von ihrem Schoß zu Boden. Die halbvolle Sherryflasche auf dem Wohnzimmertisch zeugt von regem Gebrauch. Aus dem Radio erklingt leise klassische Musik.

Die Frau tritt ans Fenster und schaut in die Nacht hinaus. Drunten im Dorf sind fast alle Lichter erloschen. Doch der Mond und der Schnee erleuchten das Tal. Von den Häusern steigen die Rauchsäulen nun senkrecht in den Himmel. Es muß bitterkalt sein. Sie schaut auf das Thermometer und schüttelt sich – 14 Grad minus. „Selber schuld", murmelt sie zu sich, – „warum war er auch gegen die Scheidung."

Nachdem sie im Wohnzimmer noch ein wenig aufgeräumt hat, löscht sie alle Lichter und geht zu Bett. Den Wecker stellt sie auf 7 Uhr in der Früh. Doch in dieser Nacht bedarf die Frau kaum eines Weckers. Sie schläft schlecht. Zu viele Gedanken durchschwirren ihren Kopf. Bei dem kleinsten Geräusch schreckt sie in ihrem Bett auf und lauscht, ob es vielleicht von ihrem heimkehrenden Ehemann stamme. Aber er ist es nicht.

In einer kurzen Schlafphase träumt sie einen furchtbaren Alptraum: Ihr Mann stürzt an ihr Bett, in der Hand einen noch zuckenden Überläufer. Schweiß tropft auf ihr Bett. Sein Gesicht und seine Hände sind blaurot gefroren, der Lodenmantel von Schweiß durchtränkt. Immer noch lachend, nimmt er das Schwein und wirft es zu der Frau ins Bett. Darauf zückt er seinen Jagdknicker, um das Stück aufzubrechen. Das ist zuviel für sie. Sie erwacht schweißgebadet.

Auch der Sherry, den sie sich ans Bett geholt hat, bringt ihr keinen ruhigen Schlaf. Und die Schlaftabletten in der Nachttischschublade rührt sie in dieser Nacht nicht ein zweites Mal an. Unerträglich langsam naht der Morgen.

Als um 7 Uhr der Wecker schrillt, ist die Förstersfrau schon gut eine Stunde auf den Beinen. Um sich abzulenken, wischt sie in dieser Herrgottsfrühe den Fußboden in der Küche und im Flur.

Endlich, kurz vor dem Sonnenaufgang, nimmt sie den Telefonhörer ab. Sie ruft beim Forstamt an und fragt, ob dort ihr Mann nach der nächtlichen Ansitzjagd aufgetaucht sei. Nach der erwarteten Antwort spielt sie gekonnt die besorgte Ehefrau und hängt dann auf.

Nun Anruf Nummer zwei: Am anderen Ende meldet sich der Hausmeister ihres Mannes. Er ist wie die anderen Waldarbeiter bei diesem Winterwetter zu Hause. Die Frau bittet ihn, doch mal zum Hochsitz am Falkenfels zu schauen. Sie mache sich entsetzliche Sorgen um ihren Mann. Der Hausmeister willigt sofort ein und verspricht baldige Nachricht.

Sie fährt fort zu putzen – aber nicht sehr gründlich. Mit ihren Gedanken ist sie draußen am Falkenfels, wo an der Fichtenschonung ein Hochsitz steht. – Nach gut einer Stunde beendet sie den flüchtigen Hausputz. Nachdem sie das Gerät in der Besenkammer verstaut hat, geht sie wiederum zum Telefon. Kopfschüttelnd überlegt sie.

„Ob ich den Hausmeister noch einmal anrufe? Vielleicht ist er mit seinem Auto nicht durchgekommen. Aber die Waldwege sind an sich seit gestern geräumt. Und geschneit hat es danach auch nicht wieder."

Sie tritt an das Fenster. Mittlerweile hat die Sonne die Bergkuppe überklettert und scheint von einem wolkenlosen Himmel auf das Forsthaus. Die ersten Strahlen berühren gerade das Thermometer am Fenstersims. Immer noch 14 Grad unter Null.

„Das müßte reichen!" Sie fährt, mit dem Finger nach Staub suchend, über die Blumenbank. „Für heute habe ich genug geputzt."

Eine weitere Stunde vergeht – kein Anruf, kein Türschellen. Im Radio prophezeit der Nachrichtensprecher baldiges Tauwetter. Die Frau nickt erleichtert. Sie sitzt in der Küche und hat sich ein zweites Frühstück bereitet. Die Sherryflasche steht ebenfalls auf dem Tisch.

Da läutet endlich das Telefon. Mit rauher Stimme nennt sie ihren Namen.

„Guten Morgen! Hier ist Dr. Will“, meldet sich eine bekannte Stimme. Er scheint ein wenig zu stottern. „Ist – ist der Inspektor schon bei Ihnen?“

„Inspektor?“ fragt sie erschrocken. „Was ist los, Herr Doktor? Ist etwas mit meinem Mann passiert?“

Am anderen Ende der Leitung bleibt es einen Moment lang still. „Es tut mir leid, ich habe eine schlechte Nachricht für Sie. – Ihr Mann ist auf der Jagd verunglückt.“

Die Frau versucht sich zu fassen. Der Telefonhörer wechselt die zitternde Hand. Der Arzt fährt stockend fort: „Ihr Hausmeister hat ihn am Falkenfels aufgefunden. – Er hat ihn sofort zu mir gebracht. Aber es war schon zu spät. Ihr Mann ist leider verstorben.“

Mit geschlossenen Augen atmet die Frau tief durch. 'Endlich – endlich bin ich am Ziel. Dem Herrgott sei . . .'

„Entschuldigen Sie bitte“, wendet sie sich wiederum an den Doktor, „es hat an der Haustür geschellt.“

„Ja, das wird der Inspektor von der Polizei sein. Er wird Ihnen alles Weitere schildern. Ich melde mich später noch einmal. Auf Wiederhören.“

Als die Frau die Haustür öffnet, stehen zwei Herren vor ihr – ein älterer und ein jüngerer. Der jüngere hält den Drilling, das Fernglas und den Rucksack ihres Mannes in den Händen. Sie geben sich als Inspektor und Assistent der Kriminalpolizei aus.

„Ich weiß bereits Bescheid“, sagt sie und schaut den beiden Beamten tapfer in die Augen.

„Der Doktor hat mich gerade angerufen. Kommen Sie bitte herein.“

Im Wohnzimmer erklärt der Inspektor, die Polizei müsse jeden Todesfall mit unnatürlicher Ursache untersuchen. Es handele sich lediglich um Routinefragen. Die Frau bietet den beiden Herren Sessel an. Ihr Hauptaugenmerk richtet sich auf den Rucksack, den der Assistent neben sich auf den Fußboden gestellt hat. – „Wieviel er wohl von dem Tee getrunken hat?“ fragt sie sich leise.

Der Inspektor beginnt Fragen über den gestrigen Abend zu stellen. Dabei scheint ihn der Alkoholkonsum des Verstorbenen besonders zu interessieren. Bereitwillig gibt sie Antwort, schaut aber immer wieder verstohlen zum Rucksack. Schließlich kann sie sich nicht länger gedulden.

Sie bietet den Herren eine Tasse Tee an, was diese dankend annehmen. Als sie in die Küche geht, nimmt sie im Vorbeigehen den Rucksack auf.

„Den stell' ich schon einmal weg“, sagt sie etwas verlegen. Die beiden nicken nur.

In der Küche setzt sie zunächst das Teewasser auf. Ein Schrecken fährt ihr durch die Glieder, als sie darauf den Rucksack aufschlägt – keine Spur von der Thermoskanne.

„Wissen die Bescheid? Ist das ein Trick? Ist die Flasche samt Inhalt bereits auf dem Weg zum Polizeilabor?“ – überlegt sie fieberhaft. Ihre Knie werden weich. Doch noch ist nichts entschieden. Sie muß Ruhe bewahren und die Unwissende mimen.

„Der Vorfall erscheint uns klar“, fährt der Inspektor mit dem Gespräch fort, nachdem sich die Försterswitwe wieder zu ihnen gesetzt hat.

„Wahrscheinlich sind die vielen Biere vom gestrigen Abend schuld am Tode Ihres Mannes.“ Die Frau schaut ihn nickend an, bleibt aber mißtrauisch.

„Sie sehen“, meldet sich da der Assistent zu Wort, „wie lebensgefährlich es ist, in einer derartig kalten Nacht alkoholisiert auf einen Hochsitz zu klettern.“ Der Inspektor wirft ihm einen rügenden Blick zu.

„Nein, nein! Schon gut!“ sagt die Frau. „Ich mache mir schwere Vorwürfe, daß ich ihn so habe gehen lassen. Erst zu spät, als er schon fort war, habe ich die vielen leeren Bierflaschen entdeckt. Und ich habe nicht bedacht, wie rasch man dann einnicken kann.“ Die letzten Worte sprach sie sehr leise.

„Sagten Sie einnicken?“ fragt der Inspektor erstaunt. „Hat Ihnen der Doktor nicht erzählt, daß Ihr Mann von der Leiter gestürzt ist?“

Die Frau schaut ihn mit großen Augen an.

„Gestürzt? Ja, aber – davon hat der Doktor gar nichts erzählt.“

„Das konnten wir nicht wissen“, sagt der Inspektor. „Sie meinten vorhin, daß Sie bereits Bescheid wüßten.“

„Erzählen Sie bitte.“ Vor Aufregung kann sie sich kaum beherrschen. Die beiden Polizisten schauen sie fragend an. Endlich berichtet der Inspektor.

Nach den Spuren, die sie draußen im Schnee leicht ausmachen konnten, sei ihr Mann beim Besteigen der Leiter auf einer der obersten, vereisten Sprossen ausgeglitten und herabgestürzt. Dabei sei er mit dem Kopf auf einen Baumstumpf aufgeschlagen und besinnungslos geworden. Vermutlich habe er das Bewußtsein nicht wiedererlangt und sei so erfroren. Doch wenn die Frau es wünsche, könne man eine Obduktion anordnen.

„Nein, nein! Das ist, glaub‘ ich, nicht nötig.“ Sie ist in sich zusammengesunken und macht einen traurigen Eindruck. Aber der Schein trügt. Das Gehörte bewegt sie sehr und hat eine schwere Last von ihr genommen. Eine Last, von der sie nicht wußte, ob sie sie ihr Leben lang allein hätte tragen können. Sie möchte jubeln. Das hätte ihre Gäste in diesem Moment aber sicherlich mißtrauisch gemacht, zumal die beiden Beamten höflich schweigen und warten, bis sich die Witwe in ihrer Trauer gefaßt hat.

In der Küche pfeift der Wasserkessel. Der Tee! Wo, zum Teufel, ist die Thermoskanne ihres Mannes? Mit einer kurzen Entschuldigung eilt sie in die Küche. Nachdem sie den Tee aufgebrüht hat, durchsucht sie ein zweites Mal den Rucksack – vergebens.

„Ich werde mich hüten, die beiden danach zu fragen“, denkt sie sich. „Sie wird beim Sturz aus dem Rucksack herausgefallen sein und jetzt noch im tiefen Schnee am Hochsitz liegen. Ich muß sie holen, bevor sie ein anderer findet!“

Wieder zurück im Wohnzimmer, muß sie sich alle Mühe geben, ihre Neugierde zu unterdrücken. Zu gern hätte sie einfach nach dem Verbleib der Kanne gefragt. Während sie den Tee einschenkt, mustert sie heimlich ihre beiden Gäste. Ob sie nicht doch ein böses Spiel mit ihr treiben?

Der Inspektor unterbricht ihre Überlegungen.

„Da es sich um einen Unfall handelt, werden Sie in Zukunft nicht mehr von uns belästigt. Alles übrige wird der Doktor mit Ihnen regeln . . .“

Da schellt es an der Haustür. Als die Frau die Tür öffnet, steht vor ihr der Hausmeister ihres verstorbenen Mannes. In den Händen hält er die Thermoskanne.

„Herzliches Beileid“, sagt er schwerfällig. „Ich wollte nur die Kanne vorbeibringen, die die Herren von der Polizei im tiefen Schnee übersehen haben.“ Er muß gähnen. „Die hatten es bei der Kälte aber auch verdammt eilig. Ruckzuck waren die wieder im warmen Auto.“ Merkwürdig schwankend schaut er mit glasigen Augen die Försterswitwe an.

„Das ist nett von Ihnen“, antwortet sie und nimmt ihm rasch die Kanne aus der Hand. Er kann kaum noch gerade stehen..

„Ich – ich weiß nicht, was mit mir los ist . . .“ stottert er. „Ich fühle mich plötzlich so müde.“

Sie schüttelt heimlich die Kanne. Viel scheint nicht zu fehlen.

„Kommen Sie herein, sonst holen Sie sich noch den Tod bei der Kälte.“ Sie führt den schwankenden Mann ins Wohnzimmer, wo die beiden Polizisten verdutzt aufschauen. Im nächsten Moment ist der Hausmeister in seinem Sessel eingeschlafen.

„In dieser Gegend scheint man schon am frühen Morgen dem Alkohol nicht abgeneigt zu sein“, läßt da der Assistent hören. Der Inspektor antwortet mit tadelndem Kopfschütteln.

„Ja, ja. Das kommt davon“, sagt die Frau im Hinausgehen. Und in der Küche leise zu sich: „. . . wenn man anderer Leute Tee trinkt!“

Sie kann ihr Lachen kaum unterdrücken, während der Tee aus der Thermoskanne gluckernd im Abfluß verschwindet.